KB155370

별이
전하는
말

별이 전하는 말

김준범 지음

마리북스

♈ 에리즈 · 양자리
3월 20일~4월 20일   생명력, 일곱 살의 에너지, 개척자

♉ 토러스 · 황소자리
4월 21일~5월 21일   편안과 안정, 오감, 소유

♊ 제머나이 · 쌍둥이자리
5월 21일~6월 21일   호기심, 멀티플레이어

♋ 캔서 · 게자리
6월 22일~7월 22일   양육자, 모으기, 가족

♌ 리오 · 사자자리
7월 22일~8월 23일   축제, 주인공, 아이 같은 순수

♍ 버고 · 처녀자리
8월 23일~9월 23일   완벽, 봉사정신, 청결

♎ 리브라 · 천칭자리
9월 23일~10월 22일   균형 잡힌 관계, 평화주의자

♏ 스콜피오 · 전갈자리
10월 23일~11월 21일   비밀스러운 카리스마, 본질

♐ 세지테리어스 · 사수자리
11월 22일~12월 21일   이상과 목표, 큰 그림, 여행자

♑ 캐프리컨 · 염소자리
12월 21일~1월 20일   성실, 책임감, 야망, 전통

♒ 어퀘어리스 · 물병자리
1월 20일~2월 19일   천재성, 싸이코, 커뮤니케이션

♓ 파이시즈 · 물고기자리
2월 19일~3월 20일   연민과 동정, 경계 없음, 무소유

Contents

_Prologue

✧ **삶이라는 여행을 위한 지도, 별자리**

우리가 살면서 매순간 어떤 것을 선택하면 더 좋을지, 더 행복해지는 길일지 망설임 없이 결정하는 사람이 있을까? 사람마다, 그리고 그 결정이 지닌 영향력이 어느 정도이냐에 따라 차이는 있겠지만 누구나 선택이나 결정 앞에서는 겁이 난다. 오늘 저녁에 무엇을 먹을까, 어떤 색의 티셔츠를 살까, 친구랑 무엇을 하고 놀까. 이 정도는 가볍다. 이 사람과 잘 지내려면 어떻게 해야할까, 앞으로 어떤 일을 하는 것이 좋을까, 나에게는 어떤 재능이 있는 걸까, 라는 질문들로 옮겨 가면 슬슬 마음이 무거워진다.

우리가 자신보다 더 강하고 똑똑한 누군가의 의견에 기대려할 때 마음속에서 작용하는 것은, 바로 '결정에 대한 두려움'이다. 굳이 대단한 사회적 이슈에 대해 이야기할 필요도 없다. 사소해 보이지만 정작 개인에게 가장 중요한 질문들, 내가 어떤 공부나 일을 하고 어떤 사람과 어울릴 것인가 등의 결정을 할 때만 해도 그렇다. 이 모든 것이 우리가 어떻게 하면 더 행복하게 살아갈 수 있는가에 영향을 미치는 결정들이기 때문이다.

철학자 월터 카우프만은 이런 현상에 대해 '결정공포증(Decidophobia)'이라는 이름을 붙였다. 그래서 사람들은 종교를 갖고, 철학 사조에 매료되기도 하고, 특정한 주장을 하는 단체에 속해 사회운동을 벌이기도 한다. 개인적인 차원에서는 결혼을 하는 것도 이 결정공포증의 영향이다. 오래전부터 사람들이 점에 의존해온 이유도 마찬가지다. '도대체 어떻게 해야 할지 모르겠어. 누가 나에게 시원한 답을 줘'라고 당신의 마음이 외칠 때, 점을 보러 간다.

흔히들 '점성술'이라 부르는 '천문해석(Astrology)'도 이런 도구로 이용되어 왔다. '믿거나 말거나'라 생각하더라도, 잡지에서 가장 인기 있는 페이지 중 하나가 '별점'이라는 건 많은 이들이 여기에 흥미를 가지고 있다는 걸 보여준다. 굳이 찾아서 보지는 않는다고 해도, 우연히 걸려든 별점 페이지를 그냥 넘어가는 사람은 드물다는 이야기다. 그리고 근본적으로는 누군가가 내 운세, 또는 운명에 대해 뭐라고 하는지 듣고 싶어 한다는 이야기다.

천문해석은 삶이라는 여행을 위한 일종의 지도다. 낯선 곳을 여행할 때 지도가 없어도 어찌어찌 길을 찾아갈 수는 있다. 하지만 지도가 있으면 좀더 쉽게 여행할 수 있지 않을까? 물론 지도는 길을 보여줄 뿐이지 어떤 선택을 대신 해주지는 못한다. 지도는 좀더 쉽게 길을 선택할 수 있게 당신의 손을 잡고 이끌어준다. 하지만 여전히 남겨진 '결정'은 여행자의 성향에 따라 다르게 이루어진다.

이 책은 천문해석에서 가장 기본적인 12개 별자리의 성격을 담고 있다. 말하자면 지도 중에서도 가장 기본적인 도로와 지표들로 이루어진, 일종의 약도라고 할 수 있다. 상세한 지도가 아니어서 충분하지는 않지만 가장 필수적인 내용을 요약한 것이므로, 이것만 해도 어느 정도 우리가 여행하는 낯선 세상에 대한 감을 잡을 수 있다.

본격적인 내용에 들어가기 전에, 천문해석 이야기를 할 때면 듣게 되는 몇 가지 질문들에 대해 간략하게 이야기하고자 한다. 대개는 비슷한 호기심과 의문들에서 나오는 질문들이다. 그리고 당신이 이 책을 사서 보고 있든 서점에 서서 살까 말까를 고민하며 맛보고 있건, 이와 비슷한 의문을 품을 것이다. 핵심은 물론, '이 별자리 뭐라는 것이 믿을 만한가? 그저 심심풀이 헛소리가 아닐까?'로 요약될 수 있다.

별점이나 점성술이라는 이름이 더 익숙한데 왜 굳이 천문해석이라고 하는가?

천문해석은 단지 점을 치는 도구가 아니기 때문이다. '점성술'이라는 이름에서 연상되는 그림을 그려보자. 어두운 방, 수정구슬을 앞에 둔 여자, 마치 신탁이라도 받는 것처럼 신비한 기운에 휩싸여 늘어놓는 단정적인 예언의 말. 이런 그림일까? '점'이라고 하면 천문해석이 할 수 있는 역할의 일부분에만 주목하게 된다. 그보다 천문해석은 나와 남, 그리고 세상을 이해하는 도구이다. 결국 우리 함께 좀더 잘 살기 위해, 각자가 궁극적으로 원하는 걸 찾아 그 길을 잘 닦아나가고자 하는 것이다.

잡지에 실리는 별자리 운세를 보면 내 별자리가 아니어도 나한테 들어맞는 것처럼 생각될 때가 많은데, 누구한테나 맞는 뻔한 소릴 하는 것 아닌가?

전 세계 인구를 단 12개의 방에 나눠 넣고, 한 방에 속한 사람들은 모두 같은 성격을 지녔으며 같은 방식으로 살아갈 거라고 생각할 수 있을까? 인간이, 세상이 그렇게 단순하다면 별로 고민할 게 없다. 천문해석이 단지 12개의 별자리로 인간을 단순화한다면 수천 년의 역사를 두고 계속해서 많은 사람들의 흥미를 끌어왔을 리 없다.

잡지에 단골로 실리는 별자리 운세를 보면서, 나는 양자리인데 천칭자리 해석도 내 얘기처럼 들릴 때도 많을 것이다. 예를 들어 양자리라고 하면, 그것은 그가 태어날 때 태양이 있던 자리를 뜻한다. 그런데 우리는 태양의 자리뿐만 아니라, 달과 화성과 금성 등 여러 천체의 위치에 영향을 받는다. 흔히 양자리를 두고 성격이 급하다고 한다. 그런데 양자리인 어떤 사람은 누가 봐도 침착하고 어쩌면 무겁기까지 할 수도 있다. 그것은 그 사람의 다른 행성들에 양자리가 아닌 신중한 성격의 별자리가 크게 영향을 미친다면 얼마든지 그럴 수 있다. 따라서 마치 혈액형별 성격처럼 어느 별자리의 전형적인 성격이 무엇이라 단정적으로 말하는 공식만 보거나, 12개로 나뉜 별자리 운세를 봐서는 자신과 잘 맞지 않는다고 느낄 수도 있다.

게다가 그 별자리가 지니는 어떤 성격도 그 별자리만의 독점적인 특징은 아니다. 예를 들어, 황소자리의 큰 키워드 중 하나는 물질을 좋아한다는 점이다. 그런데 물질적 풍요는 대부분의 사람들이 원하는 것이다. 다만 황소자리는 다른 자리와 비교했을 때 그 방면에 좀더 예민하다. 황소자리들 중에서도 사람에 따라 정도가 다를 수 있지만 평균적으로 다른 자리보다 그 분야의 수치가 높다. 물고기자리는 동정심이 많다. 그러면 물고기자리 외에는 동정심을 전혀 갖고 있지 않을까? 아니, 다만 물고기자리는 다른 자리보다 유난히 동정심의 영역이 발달해 있다는 이야기다.

그렇다면 '태양 자리'만 가지고 어떤 한 사람을 이해한다는 것이 과연 소용이 있을까?

그렇다. 물론 자세한 분석을 위해서는 모든 행성과 별자리의 영향을 고려해야 하지만, 인간은 기본적으로 태양 자리의 영향을 가장 많이 받는다. 우리 몸의 70퍼센트는 물이라는데, 우리 마음의 70퍼센트는 태양의 영향으로 이루어진다고 보면 된다. 지구의 생명체가 물질적으로 태양 에너지에 의존해 살아가는 것과 마찬가지로, 우리의 성격과 운명에 미치는 태양의 영향력은 절대적이다.

다만 태양의 자리가 부여한 성격은 앞에서 얘기한 대로 다른 여러 행성들의 성격에도 영향을 미친다. 사람이 아무리 옷을 입고 화장을 해도 자기의 본래 모습은 어디 가지 않는 것처럼, 자기 안에 숨겨진 성격은 태양 자리의 필터를 거쳐 밖으로 드러나는 법이다. 그리고 어느 정도 철이 들기 전에는 태양 자리의 성격이 잘 드러나지 않아서 자신의 본래 성격이 어떤지 파악하기 어렵다. 상황에 따라서 그리고 상대하는 사람에 따라서, 태양 자리가 아닌 다른 행성들의 영향이 더 두드러져 보이는 사람도 있다. 또한 여러 개의 필터가 뒤섞여서 도무지 종잡을 수 없이 변덕스러운 사람도 충분히 있다.

천문해석에서는 철들기 시작하는 시기를 보통 30세로 본다. 사회적으로는 10대 후반의 사춘기가 어른으로 넘어가는 시기라지만, 천문에서 보는 기준은 다른 셈이다. 물론 이 시기는 사람마다 다르며, 죽을 때까지 어린애처럼 사는 사람도 있다. 좋은 의미의 '아이'라면 좋겠지만, 몸은 나이 들어가고 사회에서 기대하는 역할 역시 커지는데 마음은 자라지 않아 않아 균형이 깨진 '애'를 말하는 것이다.

여기서 철든다는 기준은 '자신의 태양 자리가 지닌 긍정적인 성격을 얼마나 잘 발현했느냐'가 많은 부분을 차지한다. 이 글을 읽는 당신이 지금 23세쯤 되었다면, 아직 자신에게서 태양 자리의 성격을 잘 발견하지 못했을 가능성이 크다. 그 덕분에

'난 느긋하고 느리다는 황소자리인데도 왜 이렇게 성질이 급할까?'라는 의문을 가져왔을지도 모르겠다. 그럼에도 자기 속에 내재되어 있는 그 70퍼센트의 성격은 언젠가는 드러나야 하고, 드러나게 된다. 그리고 지금 당장 느껴지지 않더라도 잘 파고 들어가면 태양 자리의 기질에 따라 행동하고 있게 마련이다.

인간의 운명이 행성과 별자리 배치에 따라 정해졌다는 것은 말도 안 되는 미신 아닐까?

천문해석은 오래 전 이슬람 문화권에서 시작되어 서양의 지식인들이 그 연구를 이어왔다. 동양에서도 따로 천문해석의 체계가 발전했는데, 여기서 우리가 이야기하는 것은 서양의 천문해석 방법이다. 천문학자 케플러도, 심리학자 카를 융도 천문해식에 심취한 사람들이었다.

오쇼 라즈니쉬의 말을 빌리자면, 천문해석을 이렇게 설명할 수 있다. 세상 모든 별들은 특정 진동을 내뿜는다. 소리와 빛처럼, 세상의 모든 물질은 저마다의 파동을 지니고 있기 때문이다. 당신이 태어나던 순간을 상상해보자. 우주의 해와 달, 다른 행성들과 수많은 별들은 어떤 배치를 이루고 있었을 것이다. 별들은 한자리에 가만히 있질 않으니 그 배치는 1초마다 달라지고, 그래서 모든 이는 고유한 별의 배치 아래에서 태어난다. 물론 간발의 차이로 태어난 쌍둥이는 꽤나 비슷한 차트를 타고난다.

각 별자리와 행성이 뿜어내는 파동은 서로 부딪혀 굴곡을 만들고 특별한 무늬를 이룬다. 실제로는 인간의 눈으로 볼 수 없는 파동이지만, 눈에 보이게 그리면 아주 복잡한 거미줄처럼 얽히고 물결치게 된다. 이것을 좀더 쉽게 이해하려면 초등학교 때 과학 시간 실험 하나를 기억해보면 된다. 자석 여러 개를 놓고 그 주변에 철가루를 뿌리면, 철가루가 자석 배치에 따라 특정 무늬를 이루며 줄을 선다. 철가루는 스스로 힘으로 무늬를 만드는 게 아니라 자석들 사이에 형성된 자기장의 모양을 보여줄 뿐이다. 인간이 볼 수 없는 자기장이지만 분명히 존재하며, 그 장 안의 다른 사물에 영향을 미친다.

자, 여기까지는 그나마 쉽게 이해할 수 있다. 별들이 아주 광대한 우주에 흩뿌려져 있다는 것쯤은 누구나 알고 있을 것이다. 그런데 그 별들로부터 나오는 파동의 물결이 까마득한 우주를 건너 지구상의 매우 작은 존재인 인간에게 영향을 미친다고? 일단 미심쩍더라도 약간의 상상력을 발휘해 인간의 몸이 아주 민감한 감광판이라고 생각해보자. 그들이 이루고 있는 파동의 무늬는 출생의 순간에 인간의 몸에 새겨진다. 우리 눈으로 보면

CD에 어떤 음악이 들어 있는지 전혀 알 수 없지만, CD 표면에는 그 음악이 만들어낸 파동이 기억되어 있는 것과 마찬가지다.

다만, 인간의 영혼을 꿰뚫어보는 도사가 아닌 다음에야, 우리 몸에 새겨진 무늬를 직접 볼 수는 없다. 인간이 태어나던 순간의 별들의 위치를 담은 지도인 출생 차트는 우리 몸에 새겨진 바로 그 무늬를 보여주는 설계도 역할을 한다. 고대 천문학자들은 일일이 별의 운행을 계산해 출생 차트를 그려야 했지만, 이제는 전용 프로그램이 있어서 생년월일시와 태어난 장소를 입력하면 1초 만에 열어볼 수 있다. 이 차트에는 태양과 달을 비롯한 10개 행성, 12개의 별자리들, 그리고 또 몇 개의 천체들이 복잡한 그림을 그리고 있다. 이들이 어떻게 배치되고 어떤 각도를 맺고 있는지 모두 읽어야 정확한 설계도를 볼 수 있다.

그러면 천문해석은 왜 필요한가? 길흉화복을 예측하기 위한 도구인가?
앞에서 천문 차트가 설계도라고 했다. 건축가가 볼 때 설계도는 무언가를 짓기 위해 필요한 것이다. 그럼 우리는 이미 존재하고 있는데 이 설계도를 들여다보는 이유는 뭘까? 어떤 건물에 문제가 생겨서 수리를 해야 할 때, 설계도는 그 건물을 이해하는 지도가 된다. 마찬가지로 개인의 별자리 '지도'를 들여다보면 우

리가 어떤 존재인지, 몸과 마음이 어떻게 구성되었는지 이해할
수 있다. 당신에게 더 잘 맞는 길을 찾기 위해서, 혹시 병이 들었
다면 치유할 방법을 찾기 위해서도 쓸모가 있다. 그리고 나만이
아니라 다른 사람의 별자리를 이해해 그 사람과 잘 지낼 방법을
찾을 때도 필요하다.

그래서 천문 해석자는 결국 인생 상담자의 역할을 하게 된
다. 20대 중반에 심리상담을 받으러 다녔던 경험을 돌이켜 보면,
솔직히 천문해석이 훨씬 효과적이다. 일단 심리상담을 받으러
가면 열심히 자신이 살아온 이야길 해야 하지 않나. 이 과정만으
로도 10번의 세션은 족히 지나간다. 그 와중에 한 시간에 몇만
원씩 하는 상담비가 나가는 건 물론이다. 그런데 천문은, 대략
의 큰 그림은 이미 상담자가 알고 있기 때문에 모든 것을 설명하
지 않아도 된다. 물론 세세한 그림에 대해서는 함께 이야기를 나
눠야 올바른 길을 찾을 수 있지만, 상담자가 문제의 핵심을 이미
파악하고 있기 때문에 편하다. 심리학자인 카를 융이 천문해석
에 심취했던 이유가 바로 이것 아닐까? 함께 천문을 공부한 친
구 중에 고등학교 교사가 있는데, 학생들을 상담할 때 별자리를
고려해서 이야기하면 훨씬 효과가 좋다고 한다.

모든 인간은 '잘 살기'를 바란다. 사람마다 잘 산다는 기준은

다르고, 살아가는 방식도 다르다. 종종 사람들은 자기 기준에 따라 남에게도 이렇게 살아야 행복하다고 강요한다. 내가 원하지 않는 직업이나 결혼 상대자, 삶의 방식을 부모가 강요할 때, 부모는 자신의 기준에서 자식을 행복하게 만들 수 있다고 착각하는 것이다. 그런데 천문은 저마다 다른 삶의 기준과 방식에 대해 이야기한다. 그래서 내가 정말 뭘 원하는지 확신하기 어려울 때, 원하는 것이 있어도 어떻게 그걸 이룰 수 있을지 어려울 때도 방법을 알려준다.

가족, 친구, 애인, 선생, 회사 동료나 상사, 사회에서 맺는 모든 관계를 놓고 어떻게 하면 잘 지낼 수 있는지 대한 조언도 해준다. 경제서적 코너에 한자리를 차지하는 처세서가 제시하는 '성공'을 위한 인간 관계론과는 다르다. 특정 별자리 누군가와 잘 지내려면 신경 써야 하는 항목이 다르기 때문에, 여기에 대한 정보를 갖고 있으면 훨씬 유용하다. 설계도를 훔쳐보는 것이니 컴퓨터 프로그램의 소스에 몰래 들어가는 해커와 비슷하다고도 할 수 있겠다. 영화 <매트릭스>의 등장인물들이 그랬던 것처럼 말이다.

그래서 천문해석은 단지 언제쯤이면 돈을 많이 벌고, 결혼을 할 수 있는지 등을 점 치는 도구가 아니다. 사람들은 별자리라고 하면 일단 미래에 일어날 일을 미리 알려주기를 기대한다. 물론 천문해석에는 그런 기능도 있다. 하지만 천문해석은 단순히 별을 보며 점을 치는 도구로서가 아니라 사람을 이해하는 도구로서 오랫동안 연구되고 발전해왔다.

언제 좋은 사람을 만날지, 큰돈을 벌게 될지, 오랫동안 준비하고 원하던 기회를 얻게 될지가 궁금한가? 누군들 궁금하지 않을까마는, 이런 작은 그림보다는 나라는 인간이 어떻게 생겨먹었으며 어떻게 살아가는 것이 바람직한지, 큰 그림을 아는 것이 먼저다. 내가 가는 길에 숨어 있는 돌부리나 지뢰를 찾아내는 건, 일단 길이 어떻게 생겼는지 파악한 다음에 하는 일이기 때문이다.

그러면 인간은 이미 정해진 운명에 따라 살아갈 뿐이며, 자유의지는 없나? 정확한 시나리오가 없는 영화를 찍는다고 생각해보자. 감독은 배우들에게 상황과 각 캐릭터의 성격에 대해서만 알려준 뒤 마음대로 연기하고 사건을 만들어가라고 한다. 큐 사인이 떨어진다. 배우들은 주어진 상황을 고려하고 자신에게 부여된 캐릭터의 성격을 생각하면서 연기를 한다. 마찬가지다. 인간 역시 기본으로 주어진 캐릭터를 바탕으로 스스로의 인생이라는 스토리를 만들어간다.

천문 차트에 나타나는 사항들은 거대한 매트릭스인 세상에 내가 갖고 태어난 '스펙'이다. 그래서 천문 차트를 읽어줄 때도 '당신은 이렇다', 라고 단정적으로 말하기보다는 '당신은 이런 경향을 지녔다'라고 이야기한다. 같은 사양의 컴퓨터라도 쓰는 사람에 따라 성능과 기능은 매우 달라질 수 있다는 걸 생각해보면 쉽다. 어떤 사람은 이 타고난 성격을 재료로 삼아 자신에게도 좋고, 주변 사람들에게도 좋은 길을 찾아 잘 살아간다.

그런데 옆집 사람은 자기 인생을 함부로 굴릴 수도 있다. 자유의지는 내가 내리는 결정에 얼마나 작용할까? 그 정도를 정확한 퍼센트로 이야기하기란 어렵다. 이런 이야기가 있다. 어느 쪽 발이든 당신이 들고 싶은 한쪽 발을 들어라. 그러고 나서 땅을 디디고 있는 다른 쪽 발을 들 수 있을까? 책 한 권을 써도 모자랄 주제이지만, 단순하게 이야기하면 인간은 이전에 내린 선택으로 인해 앞으로의 선택에 제한을 받는다.

때로 이런 생각이 든다. 그럼 나는 왜 그렇게 고달픈 스펙을 타고나서, 힘들게 노력해야 행복을 얻을 수 있는 거지? 이렇게 생각해보자. 삶은 일종의 게임이다. 만일 내가 레벨 1의 게임을 하면 그리 힘들지도 않고 목표에도 금세 도달할 것이다. 하지만 레벨 10의 게임으로 들어왔으면, 더 많은 에너지와 능력이 필요할 것이고 괴롭고 머리 아프기도 할 것이다. 하지만 그만큼 게임을 끝냈을 때의, 목표를 완수했을 때의 기쁨과 보람은 크다는 것을 꼭 기억하자.

어느 별자리가 좋은 별자리이고 나쁜 별자리인가?

좋은 별자리도 나쁜 별자리도 없다. 모든 별자리는 잘하는 게 있고, 서투른 게 있다. 그리고 모든 별자리는 잘 쓰면 이롭고, 잘못 쓰면 해롭다. 같은 풀이 약이 되기도 독이 되기도 하는 것과 마찬가지이며, 한 사람이 그 별자리의 약과 독을 동시에 갖고 있을 수도 있다. 그러니 스스로를 돌아보며 독을 줄이고 약을 늘리면 자신에게도 주변 사람들에게도 이롭다.

이와 비슷하게 '나와 맞는 별자리가 무엇인가? 내 남자친구는 이런 별자리인데 나랑 잘 맞나?'라는 질문을 많이 듣는다. 절대적으로 잘 맞는 별자리 조합은 없다. 소위 말하는 궁합으로 생각하면, 서로 비슷한 성격을 지닌 별자리의 조합이 충돌 없이 잘 지낼 수 있다. 하지만 비슷한 성격의 별자리끼리 만난다 해도 어느 한쪽이 부정적인 방향으로 그 성격을 발휘하면 싸움이 난다. 그리고 서로 비슷해서 안정감을 주면 편안하지만, 따분해지고 싫증 나서 다른 사람을 찾는 문제도 있다. 반면 서로 다른 성격의 두 사람이 만나면 싸우기도 하지만 자신에게 없는 면이 신선해서 매력을 느끼고, 서로를 보완해줄 수 있다. 누가 나에게 잘 맞는 사람인가를 묻지 말고, 이런 별자리, 이런 성격의 사람과 잘 지낼 수 있는 방법이 무엇인지 물어봐라. 내가 어떻게 행동해야 주변 사람들과 행복한 관계를 맺을 수 있는지 생각하기 시작하면 인생이 훨씬 재미있어진다.

그런데 워낙 성숙한 사람이라면 이리저리 따질 필요도 없다. 자신의 별자리 에너지를 긍정적으로 쓰는 사람은 누구에게라도 좋은 인상을 주고 인간관계를 잘 맺어간다. 주변에 그런 친구 없는지 잘 생각해봐라. 물론 성인군자라 해도 불량배를 만나면 좀 더 많은 노력이 필요할 테고, 상대가 호응해주지 않으면 관계란 것은 맺어지지 않는다. 아무리 노력해도 마냥 독 기운만 뿜어대는 사람이 주변에서 괴롭힐 수도 있다. 그럴 땐 상처받지 않게 슬쩍 피하는 요령도 필요하다.

날짜가 겹치는 사람들은 자기 별자리를 어떻게 판단해야 하나?
별자리는 자신이 태어난 해의 양력 생일을 기준으로 한다. 그런데 자신이 태어난 날의 날짜가 두 별자리에 겹친다면 시간대를 기준으로 봐야 한다. 예를 들어, 양력 9월 23일이 생일인 사람은 버고와 리브라 싸인에 겹치는데, 새벽에 태어났다면 버고일 가능성이 오후 늦게 태어났다면 리브라일 가능성이 높다. 하지만 정확한 것은 자신의 천문 차트를 뽑아봐야 한다.

이 정도면 천문해석이 무엇인지, 조금은 감이 잡혔을까? 이 책을 덮을 때쯤이면 이해하는부분도, 의문도 많아질 거다. "난 염소자리인데 쌍둥이자리가 더 맞아요!"라고 따지고 싶어질 수도 있겠다. 그렇다면 당신의 라이징 싸인이나 문 싸인이 쌍둥이자리일 가능성이 크다. 라이징 싸인이란 당신이 태어나던 순간에 지평선에 떠오르고 있던 별자리를 뜻한다. 앞에서도 이야기한 것처럼, 당신이 영향 받고 있는 수많은 별과 행성들의 관계를 모두 알고 싶다면 출생 차트를 뽑아봐야 한다. 차트상의 복잡한 그림을 해석해야 정확하고 세세하게 당신의 기본 성격이나 행동 패턴, 인간관계에서의 어려움이나 어떤 일에 재능을 갖고 있는지도 읽어낼 수 있다. 하지만 우선은, 기본이 되는 12개의 별자리부터 알아가는 게 순서다. 첫 번째 자리는 갓 태어난 생명의 에너지로 봄의 시작을 알리는 양자리다.

류한원

Aries

·

양자리
3월 20일~4월 20일

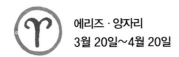

에리즈 · 양자리
3월 20일~4월 20일

생명력 넘치는 일곱 살의 에너지

여러분 주위에 끊임없이 어떤 일을 추진하며 열정적으로 뛰어다니는 어린아이 같은 친구가 있나요? 그들이 바로 12개 싸인 중 첫 번째 별자리인 양자리입니다. 양자리는 한가로이 풀을 뜯어 먹는 순한 양을 뜻하기보다는 뿔을 앞세워 용감하게 싸우는 어린 숫양을 말합니다. 봄의 햇살이 온 세상을 깨우고 새로운 싹이 움틀 때 태어난 양자리들은 이 계절의 에너지에 걸맞게 잠시도 쉬지 않고 움직이는 생명력 넘치는 사람들입니다.

불의 별자리 중에서 첫 번째인 에리즈는 화염방사기 같은 이미지의 불입니다. 크게 화를 냈다가도 잠시 후 무엇 때문에 화가 났는지 까맣게 잊어버리고 생글거립니다. 그 덕분에 뒤끝이 없는 사람들이라는 말을 많이 듣지요.

단순 명쾌한 것을 좋아하는 에리즈는 복잡하게 생각하지 않고 기분 나는 대로 바로 행동에 옮기는 특성을 갖고 있습니다. "빨리, 빨리"를 외치는 에리즈에게 느긋하게 천천히 움직이라고 말하면 스스로의 열기를, 치솟아 오르는 불의 기운을 견디지 못해 쓰러질지도 모릅니다. 에리즈는 마음이 급한 별자리거든요. 기다리는 것을 세상에서 제일 싫어하죠. 배가 고픈 에리즈에게 근사한 요리를 해줄 테니 시간이 좀 걸리더라도 참으라고 하면 곤란합니다.

에리즈의 성질이 급한 데는 다 이유가 있으니 그저 성질이 더럽다고 넘겨 짚지는 마세요. 에리즈의 에너지를 사람의 일생에 비유하자면 일곱 살에 해당합니다. '미운 일곱 살'이라는 옛말이 있는 것은 아마도 그 나이쯤 되면 아이들이 본격적으로 '나'를 주장하고, 어른들 말을 안 듣기 시작하기 때문일 것입니다. 터무니없는 주장을 하고 고집불통이 되는 거죠. 하지만 이건 단지 어른들 입장에서 봤을 때의 이야기입니다.

일곱 살쯤이 되어서야 아이는 '나'라는 존재를 주변 환경과 구별되는 존재로 인식하기 시작하지요. 여기서 주변 환경이란, 부모와 가족을 비롯한 아이에게 영향을 미치는 다른 사람들이 만들어준 세상입니다. 일곱 살의 고집은 다른 사람들과 구별되는 자신이 누구인지 찾기 위해, 한마디로 '정체성'을 찾기 위해 벌이는 탐색의 일부입니다. 하지만 이 무렵의 자기 인식이란 아직 너무도 약해서 곧잘 어리고 이기적인 주장을 하곤 하죠. 고집을 피워도 아직 자신이 없으니 금방 어리광을 부리며 어른들 품으로 돌아오곤 합니다.

에리즈 사람들이 일곱 살의 에너지를 가졌다는 것은 바로 이런 뜻입니다. 일곱 살 아이가 지치는 것 봤나요? 그리고 원하는 것을 참고 양보하는 모습을 보았나요? 이런 이유로 사람들은 간혹 에리즈를 자기 멋대로인 이기적인 사람으로 보기도 해요. 하지만 이들이 파릇파릇한 봄의 에너지를 가지고 태어났고, 그래서 매우 뜨거운 삶을 원한다는 것을 알면 이해의 폭을 넓히는 데 도움이 될 것입니다.

일곱 살 에너지라 해서 마치 에리즈가 생각 없고 '애' 같은 별자리라고 오해할 수도 있는데 그런 생각은 옳지 않습니다. 한편으로 잘 관찰해보면, 일곱 살 무렵 아이의 고집이 한없이 미울 때도 있지만 때로 아이들은 어른들이 딱딱하게 굳은 소위 '규범'의 틀에 갇혀서 똑바로 보지 못하는 진실을, 아주 솔직하게 심지어 냉정하게 내뱉곤 합니다. 틀에 갇히지 않은 아이들이 세상을 인식하는 눈을 통해서 어른들은 교훈을 얻기도 합니다. 그리고 천방지축으로 뛰어다니는 아이들의 에너지로부터 잊고 있던 생명의 힘을 느끼기도 합니다. 마찬가지로 에리즈 사람들은 자신의 뜨거운 불 에너지를 자기 혼자 쓰는 게 아니라 주변 사람들에게도 전해줍니다. 태양 에너지를 전기 에너지로 바꿔서 인간이 쓸 수 있게 해주는 태양 전지 같지요.

개척자, 싫증, 분위기 주도

이들의 탐험가 기질 역시 중요합니다. 에리즈 사람들이 좋아하는 단어를 나열하자면 개척자, 도전정신, 정의, 약자를 보호하는 마음, 의리 등입니다. 마치 《삼국지》에 나오는 조자룡이나, 예수의 제자 베드로처럼 흔들림 없는 신의와 강한 의리, 돌쇠 정신으로 무장한 사람들이죠. 세상의 새로운 경험들을 탐색하고 다니는 에리즈 사람들은 관심이 한 곳에 지긋하게 머무르지 못하는 경우가 많지만, 정신없다고 무조건 탓하지는 마세요. 취미나 직업, 만나는 사람들이 자꾸만 바뀐다고 해서 꼭 나쁜 게 아닙니다. 이는 에리즈의 탐험가 기질이 솟아나는 근원입니다. 에리즈의 끝없는 호기심과 탐험가 기질이 없다면 인간에게 혁명도, 놀라운 발견도 없었을 겁니다.

어떤 에리즈는 전생에 틀림없이 자신이 전사였을 거라고 말하는 것을 보기도 했습니다. 틀린 말이 아닐지도 모릅니다. 이들이 좋아하는 음악은 단연코 북소리가 힘차게 울리는 진군가 같은 종류거든요. <글래디에이터>나 <브레이브 하트> <300> 같은 영화도 에리즈를 흥분시키죠. 이들은 용감하고 정열적인 삶을 추구합니다. 어린 시절 군인을 꿈꿨다는 여자 에리즈도 종종 보았습니다. 전쟁과 욕망, 육체 에너지를 상징하는 붉은 별 화성이 이들의 수호 행성인 것을 생각하면 쉽게 이해되는 부분입니다.

우리나라에 아직은 남성 위주의 유교적 잔재가 남아 있는 탓에 이처럼 강렬하고 용감한 별자리에서 태어난 에리즈 여성들은 무척 답답하거나 억눌리는 경험을 가진 채 자라왔을지도 모릅니다. 그러나 새로운 21세기에 양성평등이 확립되고 조화로움을 추구하는 뉴에이지의 시대로 빠른 속도로 옮겨가는 과정에서 부대끼고 상처받는 에리즈이기보다는 진취적이고 시원한 여성성을 지닌 에리즈가 되기를 권해봅니다.

에리즈는 시작하고 추진하는 것은 잘하지만 지속하는 데 어려움을 느낍니다. 싫증을 잘 낸다는 말이 되기도 하죠. 에리즈는 자신의 정체성을 찾아 탐험을 한다고 했지요. 그래서 아직 특정한 방향성이 없는 경우가 많고, 그러다 보니 이런 성격이 지나치면 스스로를 지쳐 나가떨어지게 할 정도로 초반에 힘을 무차별로 '방출' 합니다. 그러고 나선 금세 다른 곳으로 눈을 돌리지요. 에너제틱한 것은 장점이지만, 꾸준히 일하는 황소자리나 염소자리, 신중한 천칭자리들을 조금 배울 필요가 있겠습니다.

에리즈는 어떤 분위기에서도 주도적으로 리드하는 것을 좋아하고 친구들이 자신의 편인지 자주 궁금해합니다. 역시 이것은 일곱 살 아이가 밖에 나가서 종횡무진 시간도 잊고 놀다가도 엄마 품으로 돌아오는 것과 마찬가지입니다. 그런 것을 감안한다면 에리즈 친구를 오랫동안 모른 척하면 수습하기 곤란한 상황이 될 수도 있다는 것을 상기하기 바랍니다.

열두 별자리의 성향에 따라 종교를 선택하는 기질도 다르다는 것을 알 수 있습니다. 뜨겁고 열정적이며 강한 연대감을 원하는 에리즈들이 절대적이며 의심할 수 없는 신을 찾아 기독교를 택하는 것은 자연스러운 현상으로 보입니다. 뜨거운 하나님, 질투하는 하나님이라는 말 들어보신 적 있으시죠? 물에 물 탄 듯 술에 술 탄 듯한 영성보다는 강렬하고 열정적인 영성이 에리즈의 불기운을 달래주는 것 같습니다. 수많은 신들을 섬기는 힌두교나, 부처의 교리라 해도 언제든 의문을 제기하고 충분히 생각해보라고 가르치는 불교와는 아주 다르죠.

에리즈 사람들

오랜 세월 스턴트맨을 쓰지 않고 신나고 박진감 넘치는 액션영화를 찍어온 성룡은 대표적인 에리즈입니다. 정열적으로 살다 간 빛의 화가 빈센트 반 고흐도 에리즈의 표상입니다. 영화 <바람과 함께 사라지다>의 스칼렛 오하라는 에리즈라는 싸인을 표현하기 위해 만들어진 캐릭터라고 말할 정도로 강렬한 여주인공이었죠. 또한 순간적인 직감에 충실한 때문인지 이들은 감탄사를 잘 씁니다. '좋아~ 가는 거야!'라고 외치는 노홍철이나, '으아~ 들이대!' 라고 하는 김흥국 같은 사람이 그런 에리즈랍니다.

선구자적인 위치에서 사람들에게 좋은 영향을 끼친 에리즈도 종종 찾아볼 수 있습니다. 환경운동에 평생을 바치고 있는 미국 부통령 앨 고어도 존경할 만한 에리즈라고 할 수 있겠죠. 우아하고 카리스마 넘치는 대 배우 말론 브란도와 그가 주연한 영화 <대부>의 감독인 프란시스 코폴라 감독도 멋진 에리즈입니다. 반면 에리즈의 불 같은 기질이 지나쳐서 화를 불러오는 경우도 있습니다. 역대 대통령중 남한의 이승만 대통령과 북한의 김일성 주석이 에리즈였다는 것을 생각해보면, 동족상잔의 비극인 6·25전쟁의 이유가 별자리 에너지의 문제일 수도 있겠구나 하는 생각을 하게 됩니다.

주변의 동료 만화작가들 중에서도 에리즈 작가들을 보면 카리스마 넘치는 남자들의 싸움을 다루는 작가도 있고, 데뷔 때부터 지금까지 하나의 무협만화를 줄기차게 연재하는 작가도 있습니다. 또 오랫동안 바이크를 타고 다니는 작가도 있고, 열정적인 게임 해설로 전장의 한가운데 있는 친구도 있습니다. 현대에 태어났어도 하나같이 전사의 별자리답게 살아가고 있는 거겠죠.

일등과 새것, 전사와 겁쟁이, 머리와 안면

에리즈는 무엇이든 자신이 첫째가 되고자 하고 새것, 신제품, 일등을 선호합니다. 어떤 경우라도 지는 것을 참 싫어하죠. 그런데 이 용감한 별자리 에리즈가 자세히 보면 이상하게 겁도 많다는 것을 발견하게 됩니다. 살짝 코피라도 날라치면 엄마의 치마폭에서 세상이 망한 것처럼 우는 어린이가 바로 에리즈 어린이입니다. 어른이 되어서도 순대국이나 설렁탕, 곱창이나 해삼을 징그럽다며 못 먹는가 하면, 주사 맞기가 싫어서 병원을 멀리하는 에리즈도 많습니다. 참 아이러니죠. 하지만 앞에서 이야기한 일곱 살의 기질을 이해한다면 에리즈가 전사와 겁쟁이의 모습을 둘 다 갖고 있다는 것을 이해할 수 있습니다.

개인적으로 저는 에리즈를 비롯한 리오(사자자리), 세지테리어스(사수자리) 같은 불의 별자리들 앞에서는 그들이 물어보지 않으면 별자리 이야기를 먼저 하지는 않습니다. 일단은 스스로 관심 갖기 전에는 귀 기울이지 않으니까요. 내 이야길 듣고 있는 것 같아도 사실은 한 귀로 흘리면서 머릿속으로는 자신이 관심 있는 다른 걸 이리저리 궁리하고 있을 겁니다.

그리고 별자리를 공부하다 보면 인간의 자유의지가 전혀 없이 과거 현재 미래가 다 정해져 있는 것처럼 생각되는데, 세상은 스스로 용감하게 개척하고 헤쳐 나가는 거라는 생각을 강하게 하는 불의 별자리들은 이런 이야기에 화를 내기도 하기 때문입니다. 그러나 그들에게 세상에 개척할 것은 당장 앞에 닥친 현실이나, 더 크게 보자면 3차원으로 이루어진 지구상에만 있는 것이 아니라는 점을 말하고 싶습니다. 보다 큰 그림으로 나아갈, 지구 바깥까지 탐험할 에너지가 불의 별자리들에게 충만하기 때문이죠.

수학에 능하며 진취적이고 열정적인 에리즈, 얼핏 보면 지독한 에고이스트로 빠질 것 같은 그들의 뜨거운 에너지는 대체 무엇에 필요한 걸까요? 우리들이 어느 날 무인도에 고립된다고 생각해보세요. 제일 먼저 불을 피우고, 살아갈 방법을 강구하고, 용감하게 숲으로 들어가 주변을 살필 사람은 당연히 에리즈입니다. 강렬한 붉은색이 어울리는 사람들, 언제나 신나게 "고! 고!"를 외치며 지루한 사람들의 삶에 추진력을 주는 사람들이 바로 우리들의 뜨거운 에리즈 친구들입니다.

에리즈의 건강에서 키워드는 머리와 안면입니다. 두통, 안압이 높아지는 증세, 머리 부상, 뾰족한 것에 찔리거나 불에 데이는 경우, 과속 등을 조심해야 합니다. 이것은 대부분 에리즈의 급한 성격에서 기인한 것이겠죠. 뭔가에 정신이 팔린 채로 급하게 걷다가 머리를 전봇대에 부딪히는 만화 속 장면은 그야말로 에리즈를 연상시킵니다. 저의 제자들 중에 에리즈 기운이 다분한 두 친구는 둘 다 머리에 몇 바늘씩 꿰맨 자국을 갖고 있습니다. 어릴 때 넘어지고 부딪혀서 찢어진 상처지요. 익숙한 집 안에서 엉뚱하게 방문 모서리에 머리를 부딪혀 커다란 혹을 달고 오기도 합니다.

머리에 에너지가 몰리는 에리즈의 뒷머리를 함부로 어루만지거나 하면 싸움으로 번질 수도 있다는 것을 기억하세요. 아, 그래서 간혹 이런 생각도 못한 이유로 친구 간에 싸움이 났었구나 생각하게 되죠. 혹시 의심스러우세요? 만약 에리즈만큼이나 용감하시다면 한번 실험해보세요. 저는 멀찌감치 피해서 구경

하는 쪽을 택하겠어요.

에리즈의 또다른 신체적 특징은 남자나 여자나 어깨에 각이 잡혀서 계급장을 달면 어울릴 모습을 하고 있다는 것입니다. 그리고 길을 걸을 때 친구들과 보조를 맞추기보다는 급하게 먼저 걷기 때문에 항상 뒤통수를 보여주는 경향도 있습니다. 머리가 먼저 가고 몸이 나중에 따라가는 걸음걸이를 갖고 있지요.

에리즈가 잘하는 것과 못하는 것

* Pros 에리즈의 힘은 이제 막 피어난 불의 성질을 지녔으며, 그 덕분에 누구도 막지 못하는 추진력과 용기를 발휘하곤 한다. 또한 대부분의 에리즈는 불의를 보면 가만히 있지 못하는 정의롭고 의리 있는 사람들이다. 마치 자신이 없으면 일이 해결되지 않을 것처럼 친구가 어려움에 처하면 두 발 벗고 나서서 돕는다. 머리가 복잡하지 않기 때문에 시원시원하고 천진난만한 모습을 보여주며, 사람들과 빨리 친해지고 다툼이 있어도 뒤끝이 없다.

이런 특성을 가진 에리즈는 모든 경험을 앞에 두고 일단 해보자라고 외치며 달려나간다. 실패를 두려워하지 않는 것이 그들의 일반적인 모습인데, 누군가가 나중에 "거봐, 내가 실패할 거라고 했잖아"라는 속 아픈 말을 던져도 개의치 않는다. 실패하더라도 뭔가를 배울 거라고 생각하며, 하지 않고 후회하느니 모든 것을 경험하겠다는 것이 그들의 용기이기 때문이다.

*Cons 저돌적인 성격이 지나쳐서 좌충우돌하는 경우가 종종 있다. 에리즈에게는 어떤 결정을 내리기 전 고려해야 할 여러 상황을 찬찬히 짚어보는 미덕이 부족하기 때문이다. 또한 뭔가 시작하는 데는 빠르지만 끈기 있게 노력하는 인내심이 없어서, 새로운 우물을 파려 달려들었다가 원하는 결과물이 금방 보이지 않으면 흥미를 잃곤 한다. 그러고는 또다른 일에 빠져 이전에 하던 것은 잊어버리기 일쑤다.

한마디로 장거리보다 단거리 달리기에 능한데, 그런 탓에 인생에서 오랜 시간과 노력을 필요로 하는 일을 잘 수행하지 못한다. 뭔가에 꽂히면 물불 가리지 않는 에리즈에게 속도를 늦추기란 매우 힘든 일이다. 하지만 어떤 욕구가 솟아오를 때 한 걸음 물러서서 '내 에너지를 쏟을 만큼 정말 가치 있는 일인가'를 생각하는 노력이 필요하다. 생각보다 몸이 먼저 움직이고 공격적인 타입이라는 것을 기억한다면 좌충우돌의 횟수를 줄일 수 있다.

에리즈의 대인관계에 대한 조언

＊친구가 에리즈라면 오래 기다리게 하지 마라. 뭔가에 들떠 있을 때 무조건 냉정하게 찬물 끼얹는 말은 하지 않는 게 좋다. 해도 효과가 없을 뿐더러 괜히 마음만 상한다. 그보다는 지켜보며 응원해주는 편이 낫다. 함부로 에리즈의 불을 더 지피라는 것이 아니라, '언제나 나는 너의 편이야'라는 든든한 인상을 주라는 이야기다.

　에리즈는 항상 자기 편을 갖기를 원하며, 친한 친구에 대한 독점욕도 강하다. 에리즈 친구를 상처 주고 싶지 않다면 다른 사람과 더 친한 모습을 보이지 않는 게 좋다. 종종 에리즈는 처음 만난 사이에도 금방 말을 놓는다. 예의 없어서가 아니라 반말을 써야 더 빨리 친해진다고 생각하기 때문이니, 이해해주면 의리 있는 에리즈 친구를 하나 얻을 수 있다.

*당신이 에리즈라면 상대방을 기다려주는 인내심을 갖는 게 주변 사람과 평화롭게 지내는 첫 번째 비결이다. 또한 다른 사람 입장에서 생각하는 노력도 많이 필요하다. 그러다 보면 자신이 원하는 것을 희생하고 있다는 생각이 들 거다. 하지만 당신은 이미 '내가 누구이며, 내가 무엇을 원하는가'에 대한 고려는 충분히 하고 있기 때문에, 다른 사람을 배려하기 위해 애써 노력하는 것이 낫다. 이를 위해 반대편 싸인인 리브라의 장점을 닮으려고 하면 좋다.

성급하게 말하고 행동해서 인간관계를 그르칠 가능성이 크다. 화가 치밀어 오를 때는 화를 가라앉힐 방법을 찾아라. 뒤끝 없는 에리즈는 거센 파도가 한 차례 지나고 나면 자기가 왜 그렇게 화를 냈는지도 잘 기억하지 못할 가능성이 크다. 그리고 자꾸 내 말을 하기보다 남의 말 듣는 연습을 많이 하는 것이 좋다. 단정적으로 결론을 내려버리는 경향이 있다. 또한 남들이 자기 뜻대로 하지 않으면 불같이 화를 낼 가능성이 크다. 세상은 항상 당신을 중심으로 돌아가지 않는다는 것을 명심할 것.

에리즈의 사랑에 대한 조언

＊그녀가 에리즈라면 에리즈 그녀의 이중적인 모습에 놀라지 마라. 남성적인 별자리의 에너지를 지닌 에리즈 여자는 씩씩하고 시원시원하게 행동하지만, 자신이 여자로 보이고 싶은 그 앞에서는 여성스러운 모습을 보이기도 한다. 하지만 계속 만나다 보면 씩씩한 그녀 본연의 모습이 튀어나오기 마련인데, 그때는 가면에 속았다고 너무 억울해하지 마라. 대신 "나는 시원시원한 여자가 좋더라!"라고 말해주어라. 그러면 그녀는 더욱 자연스럽고 편하게 당신을 대할 것이다.

에리즈 그녀와 좀 친해졌다 싶으면 기싸움을 조심하라. 승부욕이 강한 에리즈 여성은 연인 관계에서도 자기가 주도권을 쥐려고 한다. 그래서 터프하지만 자기 말 잘 듣는 남자를 좋아한다. 호기심 가득하고 느낌에 끌리는 에리즈 그녀는 인내심도 짧다. 관계에 대해 회의감이 들거나 우울해지면 사랑도 쉽게 식는다.

이런 에리즈 그녀와 사랑을 유지하고 싶다면, 그녀 말이라면 무조건 다 들어주는 만만한 상대가 아니라, 그녀를 존중해주는 멋진 남자임을 어필하라.

*그가 에리즈라면 에리즈 그는 로리타스러운 여자를 좋아한다. 아버지는 군림하는 사람이고 어머니는 희생당하는 존재라고 생각하는 에리즈 남자는, 마음속으로는 어머니를 불쌍하게 여기며 감싸안고 싶어 하지만 막상 행동으로 옮기지는 못하고 애써 외면한다. 그래서 여자에 대해 제대로 들여다볼 기회를 놓치고 만다.

그런 만큼 에리즈 그는 학교 친구들이나 사회생활을 하면서 만나는 여성들이 아닌 자신의 여자는 이상화해서 생각한다. 현실의 여인이 아닌 동화 속에서나 나올 법한 작고 귀엽고 인형 같은 여자를 좋아하는 성향이 있다. 엄마의 에너지를 외면하면서, 여자에 대해 피상적으로 이미지를 쌓은 탓이다.

이처럼 에리즈 남자들은 여자를 잘 모르고, 자기 자신을 생각하는 부분이 커서 여자에 대한 배려가 많이 없다. 관계가 조금이라고 복잡해지면 못 견뎌 하고 심플하고 쿨한 걸 좋아한다. 그러니 에리즈 남자를 만날 때 집착은 절대 금물. 그가 당신의 마음을 알아주기를 바라지 마라. 그가 좋다면 빙빙 돌려 이야기하지 말고, "난 니가 좋아"라고 솔직하게 말하라. "왜 말을 안 해? 솔직하게 얘기를 하지 그랬어?" 이게 에리즈 그의 전형적인 대사라는 것을 기억하자.

Taurus

·

황소자리
4월 21일~5월 21일

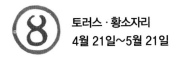

8 토러스 · 황소자리
4월 21일~5월 21일

느긋하고 오감 만족

조용하고 말수가 적은 아이가 있습니다. 그 아이는 돼지 저금통을 좋아하고, 음식 맛을 까다롭게 구별합니다. 아이인데도 밖에 나가서 떠들썩하게 노는 것보다 집에서 조용하고 편안하게 노는 것을 좋아하기도 합니다. 조용해서 엄마 말을 잘 듣는 것 같지만 사실 속으로 고집은 상당해서 쉽게 움직이지 않지요. 이게 바로 토러스의 기질입니다.

느긋하면서 인간의 다섯 가지 감각을 만족시키려는 사람들이 바로 토러스입니다. 반쯤 우스갯 소리지만 토러스의 중요한 특징 중 하나는 '배 고프면 성격 더러워진다'입니다. 토러스 중에도 정도의 차이는 있지만, 다 큰 어른인데도 배가 고프면 한 시간도 참지 못하고 다른 일에 집중을 할 수 없는 게 토러스이거 든요. 그런데 문제는 맛없는 걸로 배 채우면 그것 역시 토러스를 기분 나쁘게 한다는 겁니다. 그러니 토러스는 여기저기 맛집을 찾아다니는 식도락가들이며, 요리사가 되거나 요리 관련 직업을 택하는 토러스들도 많습니다.

저의 제자 중에는 기자가 되겠다고 생각한 뒤로 처음 택한 직장이 요리 잡지였던 토러스가 있지요. 그 친구는 실제로 요리를 자주 하지도 않으면서 요리 레시피 보는 것은 아주 좋아합니다. 맛있는 음식뿐 아니라 아름다운 예술품과 편안하고 한가로운 자연 풍경, 느긋하게 즐기는 시간, 안락한 소파, 조용한 장소를 좋아하는 것은 모두 토러스다운 성격입니다. 쉽게 말해서 감각이 남들보다 예민하기 때문에 자연스레 감각을 만족시키는 모든 것에 대해 남들보다 재능이 있습니다.

소유, 끈기, 돈, 가족

별자리의 나이로는 에리즈보다 일곱 살 더 먹은 열네 살의 에너지입니다. 열네 살이면 내 방, 내 책상, 내 옷, 뭐든지 내 것을 가지려는 소유욕이 구체적으로 생기기 시작하는 나이죠. 그런데 이는 물질에 대한 단순한 욕심이 아니라, 이유가 있는 변화입니다. 토러스에 앞서 에리즈는 자신의 정체성을 탐색하는 데 온 에너지를 쏟는다고 했지요.

토러스는 여기서 다음 단계로 나아갑니다. 탐색 다음은 구체적인 표현입니다. 탐색을 통해 찾아낸 자신이 좋아하는 것, 소중히 여기는 것, 사는 이유를 목표로 삼고 이를 세상에서 실현하기 위해 노력합니다. 5월, 봄의 한가운데를 생각해보세요. 나뭇잎의 색이 슬슬 짙어지고 꽃들이 한창 피어나죠. 토러스의 대표적인 기질은 바로 이런 나무와 같습니다.

그런데 생각해보세요. 세상은 물질로 이루어져 있죠. 그러니 자신이 목표로 삼는 것을 실현하려면 당연히 물질이 필요합니다. 아직 열매를 맺기 이전이지만 이를 위해서 나무는 태양으로부터는 빛을, 땅으로부터는 영양과 수분을 끌어올리면서 열심히 꽃을 피웁니다. 목표를 위해서 자신의 에너지를 모읍니다. 그래서 얻고자 하는 것은 안정이고, 자신의 삶의 목적을 세상에 실현시키는 것이지요.

그래서 물질에 대한 감각이 남과 다른 별자리입니다. 이들은 돈의 가치를 가장 잘 아는 실용주의들입니다. 자신의 물건이나 사람에 대한 애착도 참 강합니다. 자신이 목표로 하는 것을 향해 가는 데 필요한 요소들을 모으려는 힘이 작동하기 때문이죠. 그런데 이게 지나치면 탐욕에 가까운 소유욕이 되고, 집착이 되기도 합니다.

에리즈와 달리 토러스는 자신의 노력, 에너지를 무작정 쓰는게 아니라 큰 틀 안에서 무언가를 이루기 위해 씁니다. 에리즈는 '탐험'을 했지만 토러스는 '생산'을 하고자 합니다. 시간과 돈을 들일 때도 방향성이 생기고 계획해서 움직이려는 성향이 뒤따르지요. 그러다 보니 토러스 사람들은 좀 느립니다. 대신 인내심이 강하죠. 100미터 달리기는 잘 못해도 오래 달리기는 곧잘 하는 게 토러스입니다. 고집도 남들보다 센 편입니다.

당연하죠. 내가 원하는 게 있고 그것을 향해 끈기 있게 움직이려는 사람이 있는데, 다른 사람이 그 과정에 방해가 되거나 방향을 수정하라고 요구한다고 쉽게 말을 들을까요? 열두 별자리 모두 다 자신만의 스타일로 고집쟁이들이지만, '황소 고집'이란 옛말이 괜히 있는 게 아닙니다. 고집 하면 지지 않는 자리가, 대꾸도 않고 가만히 있지만 속으로는 마음을 쉽게 바꾸지 않겠다고 단단히 버티는 사람들이 바로 토러스들이죠. 말 안 하고 있는다고 해서 주변 사람들이 무시당하는 기분이 들어 더 열받을 수도 있는데, 사실 토러스는 약올리려는 의도로 그러는 게 아니라 곧장 대꾸하는 것이 성미에 맞지 않아서 가만히 있을 뿐입니다.

가족들 중에 불화가 생겨도 끝까지 정을 떼지 않고, 싸우더라도 가족의 울타리 안에서 생각하는 별자리가 토러스입니다. 가족이란 대개의 사람들에게 안정을 주는 기반, 토양이기 때문이죠. 자신의 가족이나 인간관계도 소유의 연장으로 생각하는 것이 아닌가 하는 별자리적 견해도 있습니다.

쉽게 생각하면 우리가 삶에서 원하는 바를 이루기 위해서는 물질의 뒷받침도 필요하지만 그 밖의 것들도 필요하기 때문입니다. 새로운 일을 벌이거나 무언가를 시작할 때 특히, 안정적인 인간관계와 그로부터 얻어지는 정신적인 지원을 필요로 하지요. 토러스는 이런 사실을 본능적으로 잘 알고 있습니다. 이렇게 설명하면 어떨까요.

토러스에게 통장의 잔고는 매우 중요합니다. 하지만 토러스 기질이 훌륭하게 나타나는 경우, 이들은 사랑하는 사람을 위해서라면 돈을 아까워하지 않습니다. 서로 정말 좋아하는 토러스 친구를 둔 사람이라면 이게 무슨 소린지 누구보다 잘 이해할 수 있을 겁니다. 토러스에게 가끔 의아한 것은 간혹 사랑하는 사람들에게 큰돈은 덥섭 내놓으면서도, 아주 사소한 몇 푼에 쩨쩨하게 굴다가 밉보이는 경향이 있다는 점입니다. 옆에서 관찰해본 결과 작은 돈일 때 토러스의 현실적인 레이더가 더 강하게 작동하는 것 아닐까 하는 생각을 합니다.

뮤지션 신해철은 토러스답게 낮고 부드러운 목소리로 DJ를 하기도 하고 요리도 아주 잘하는 사람으로 알려져 있습니다. 그런데 그는 20대 초반 인기 절정의 아이돌 스타였을 당시 누나가 시집을 가는데 무언가 해줄 돈이 없어서 고민했다고 합니다. 집안 형편이 어려워 고생만 하다가 빈손으로 시집가는 누나 때문에 고민하던 그는 몇 달 간 서울 일대의 밤무대에 섰다고 합니다. 아이돌 스타 입장에서 밤업소에 출연한다는 것은 생각하기 힘든 결정이죠. 하지만 그렇게 마련된 돈으로 누나의 결혼에 경제적인 도움을 주었다고 합니다. 그러니 토러스를 구두쇠나 자린고비처럼 돈 앞에 쩔쩔매는 사람으로 보기보다는 돈의 가치를 아는 사람으로 평가하는 편이 더 바람직합니다.

물론 모든 별자리가 통장 잔고를 늘리고 싶어 합니다. 하지만 12개 별자리 중에서 돈의 중요함을 가장 크게 느끼며 관리도 잘하는 것이 토러스라는 이야기입니다. 그러니 토러스가 한 푼도 없다고 하는 말은 그리 심각하게 듣지 않아도 괜찮습니다. 아무리 그래도 통장에 비상금 정도는 마련해두는 게 토러스거든요. 그리고 토러스에게는 모험적인 투자를 하는 것보다 꾸준히 모으는 것이 성미에 맞습니다.

편안과 안정, 미의식

편안하고 안정적인 분위기를 지향하는 토러스라서 그런지 대중
적으로 가장 알려진 종교인 기독교에 몸 담는 경우가 많지만, 조
용하고 산 좋고 물 좋은 풍경을 좋아하는 특성상 고즈넉한 사찰
을 찾아 불교에 귀의하는 토러스도 많습니다.

토러스 앞에서 급진적인 견해나 천재지변, 지구 종말 같은
안정을 깨는 발언을 하게 되면 관계를 이어나가기가 곤란할 것
입니다. 불안정한 느낌의 사람은 토러스들의 삶에 훼방꾼으로
비춰질 수도 있기 때문이죠. 간혹 토러스 중에서 모험을 좋아하
는 것처럼 보이는 이들도 있습니다. 하지만 그들이 살아가는 것
을 잘 관찰해보면 지나치게 급진적이어서 이미 있는 기반을 잃
을 수도 있는 시도는 하지 않습니다. 잘 다져진 땅에서만 한 걸
음씩 나아가지요. 느긋함을 좋아하는 토러스와 빨리빨리를 외
치는 에리즈가 한 달 차이로 앞뒤에 있다는 것이 참 재미있고 신
기하기만 합니다. 에리즈와 토러스는 정반대 사람들처럼 보이
지만, 사실은 그 탐험의 에너지가 방향성을 갖게 되어서 다르게
표현되는 것입니다.

미의식과 가치관을 상징하는 금성을 수호행성으로 삼는 토
러스는 대체로 부드럽고 여성스러운 외모를 가지고 있을 확률

이 높습니다. 5월이 계절의 여왕이라 불리고, 5월의 신부가 가장 행복하다는 대중적인 고정관념이 있는 것도 무리는 아닙니다. 가톨릭에서 5월은 성모의 달이기도 합니다. 금성은 바로 신화 속 비너스의 이름을 딴 행성입니다. 여성성의 상징인 바로 그 여신 말이죠.

그런데 토러스의 미식가 특징과 게으른 성질이 너무 지나치게 되면 어떻게 될까요? 네, 지나치게 풍만한 몸매가 되어버리는 사태가 발생합니다. 그러니 토러스는 꾸준히 운동을 해서 몸이 너무 불어나지 않도록 관리를 꼭 해줘야 하는 별자리입니다. 하지만 편안한 것을 좋아하는 토러스가 격렬하게 땀을 빼는 운동을 하면 스트레스를 받게 되어 오히려 정신건강에 해롭습니다. 날아다니는 공을 재빨리 쫓아다녀야 하는 구기 종목이나 라켓볼 같은 걸 배우고 싶은 생각이 잠깐 들더라도 참는 게 신상에 이롭습니다. 요가처럼 정적인 운동이 좋고, 헬스장에 다니건 수영을 하건 간에 너무 숨 가쁠 정도로 스스로를 몰아세우지는 마세요.

목, 오버액션, 평화와 자연

그리고 토러스 신체상의 포인트는 목입니다. 선물을 받을 때에도 목걸이, 넥타이, 머플러 등 목을 강조할 수 있는 액세서리를 좋아합니다. 목이 가늘고 약해 보이는 건 토러스가 아닙니다. 목소리도 성우처럼 아름답거나, 매력적인 허스키 보이스를 가진 경우가 많습니다. 토러스의 목소리는 일단 낮고 굵은 편입니다. 그리고 날카롭거나 튀기보다는 사람을 안정시키는 '흙'의 기운이 느껴지지요. 당연히 토러스 가수와 성악가도 많이 찾아볼 수 있습니다. 그러니 목 건강에 신경 쓰는 것이 좋습니다. 목 감기, 목과 어깨가 뻐근하게 결리는 증세들이 가장 흔한 경우겠죠.

토러스들은 오버액션, 슬랩스틱, 쉽게 이야기해서 '몸 개그'를 좋아하는 경향이 있습니다. 넘어지고 자빠지는 개그를 보며 깔깔거리는 토러스를 보며 좀 모자라 보일 수도 있지만, 몸으로 웃기는 코미디를 예술의 경지까지 이끈 찰리 채플린을 생각하면 쉽게 수준이 낮다라고 생각해서는 안 되겠죠. 찰리 채플린 역시 훌륭한 토러스 인물입니다.

토러스 앞에서 지나치게 추상적이며 형이상학적인, 손에 잡히지 않는 이상을 이야기하는 것은 괜한 시간 낭비가 될 수 있습니다. 그런 것보다는 지구상의 아름다운 것들에 대해 이야기하고, 보고, 만지고, 먹고, 느긋하게 즐기는 쪽이 더 나을 것입니다. 이상에 대해 이야기하더라도 현실적이고 구체적인, 손으로 만져지는 예를 통해서 추상적인 이야기로 나가는 게 이해가 빠릅니다. 감각기관을 통해 경험에서 뭔가를 배우는 능력이 발달했기 때문이지요.

토러스는 흙의 별자리 중 첫 번째 별자리이기도 하죠. 흙의 별자리들이 다 그렇듯이 크고 작은 사회의 규칙에서 벗어나는 것을 싫어합니다. 흙의 별자리인 토러스, 버고, 캐프리컨 앞에서 무단횡단을 하거나 쓰레기를 길에 버리면 놀란 토끼눈이 되어 당신을 나무랄 것입니다.

평화로우며 공기 맑고, 시냇물이 흐르는 나지막한 산과 나무들이 풍성한 전원 생활은 토러스의 삶을 더욱 행복하게 만들어 줍니다. 조용하고 아름다우며 품위 있는 삶, 자연을 사랑하며 내면까지 아름다운 삶을 살고 싶다면 대배우 오드리 헵번 같은 토러스를 닮아보는 것도 괜찮겠죠. 서울 같은 거대도시에서 생활하더라도 때로 한가하게 햇볕을 쬐고 근사하게 자란 나무를 바라보며 게으르게 쉬고 싶은 게 토러스입니다.

너무 큰 도시보다는 적당한 크기의 도시에서 사는 것이 더 적성에 맞고, 나무들이 울창한 공간이 근처에 있어야 토러스는 힘이 납니다. 밝고 따뜻한 햇살과 울창하게 자라 시원한 그늘을 드리우는 초록 나무 아래에서 흐뭇한 표정을 짓고 감사하는 토러스. 이들은 물질세계의 아름다움을 일깨워주려고, 지구상에서 살아가기 위해서는 안정적인 토대가 중요하다는 것을 알려주려고 온 사람들입니다.

맛있는 음식을 찾아 이곳저곳을 찾아다니는 토러스가 당신의 친구라면, 다리가 아프더라도 마음의 여유를 갖고 따라가보세요. 음식을 맛보는 것이 행복의 아주 중요한 요소라는 것, 그리고 요리를 하는 과정부터 시작해서 느긋하게 즐기는 것 모두가 삶의 예술이라는 걸 알게 될 테니까요.

토러스가 잘하는 것과 못하는 것

✱ Pros 토러스는 넉넉하고 느긋하다. 이런 분위기는 다른 사람에게도 여유롭고 풍요로운 느낌으로 전해진다. 물질 세계의 게임에 능한 토러스의 특징은 단순히 스크루지 영감의 '물욕'으로 나타나는 것이 아니다. 이들은 물질의 가치를 잘 알고 감사할 줄 안다.

또한 아름다움에 민감하다. 물론 누구든 아름다운 것을 좋아하지만 특히 토러스는 아름다움에 대한 감각이 뛰어나다. 이는 근본적으로 자연친화적인 성격과 연관되어 있으며, 자신의 오감을 통해 얻은 감동을 다른 사람에게 전하는 것도 좋아한다.

이들은 자신의 물건을 아끼고 알뜰하게 저축을 잘할 뿐만 아니라, '내 사람'들을 소중하게 대할 줄 안다. 신중하게 차근차근 단계를 밟아 올라가는 것을 좋아하므로 무리수를 두어 실패하는 일이 드물다. 힘들더라도 고난을 견디는 힘이 있으며 쉽게 포기하지 않는다.

＊Cons 변화나 모험을 좋아하지 않는 토러스의 성향 때문에 게으르거나 보수적인 사람이 될 수 있다. 실패를 지나치게 두려워하기 때문에 쉽게 움직이려 하지 않고 현상을 유지하려 한다. 돌발 상황에 대처하는 임기응변에 약하다. 황소고집 토러스가 고집불통으로 나오기 시작하면 누구도 꺾지 못한다. 자기 물건에 대한 집착이 지나쳐 10년 동안 한번 꺼내보지 않은 오래된 물건이라 해도 버리지 못한다. 때로 냉정하게 판단해서 버릴 것은 버리고 대청소를 해줄 필요가 있다.

이러한 성향은 단지 물건에 대해서만이 아니라 인간관계에서도 마찬가지다. 또한 자신의 물건을 빌려줬는데 조금만 헐어서 돌아와도 화를 낸다. 잔돈에 인색할 때가 있다. 오감이 만족되지 않으면 안정되기 어려워서, 다른 사람은 느끼지 못하는 미미한 냄새나 소리 때문에 짜증을 참지 못할 때도 있다.

토러스의 대인관계에 대한 조언

* 친구가 **토러스라면** 절대 빨리 하라고 재촉하지 않는다. 토러스를 불안하게 만들 뿐이며 두 사람의 관계에도 좋은 영향을 주지 못한다. 밥 먹을 때 대충 아무거나 먹자고 하면 토러스는 불만이 쌓인다. 맛있는 음식을 찾아서 함께 즐겨라. 배고픈데도 음식점을 한참 고르고 다니는 토러스에게 호응해주는 게 잘 지내는 비결이다.

가능하면 토러스의 물건에 손을 대거나, 조금이라도 상하게 만드는 건 피해라. 가끔 토러스가 입을 꽉 다물고 있어서 상대를 무시하는 인상을 줄 수 있다. 그건 무시해서라 아니라 무엇인가에 당황해서 자신을 잘 표현할 수 없기 때문에 차라리 말을 안 하는 것이다. 그럴 때는 말하라고 강요해봤자 입을 열 리 없고, 관계만 더 해친다. 토러스 친구에게 힘든 일이 있을 때는 부드럽게 쓰다듬어주고 맛있는 음식을 사주는 것만으로도 기운 차리게 할 수 있다.

✱당신이 토러스라면 자신이 완고하다는 것을 매순간 기억해라. 남들은 당신의 고집을 꺾을 수 없으니, 스스로 움직이도록 노력해라. 지금 발을 디디면 아래로 떨어질 것처럼 불안한 기분이 들어서 조금도 움직이고 싶지 않다 해도, 언제나 변화가 필요하다는 것을 스스로에게 계속 알려주어야 한다.

사실 토러스가 불안하다고 느낀다 해도 그 기분은 지나치게 실패를 두려워하는 성향 탓에 과장되었다고 생각하면 맞다. 새로운 사람, 새로운 상황에 마음의 문을 열기 위해 노력해라. 자신이 피해 입었다고 느끼면 지난 일에 지나치게 집착하는 경향이 있다.

또한 작은 손익에 집착하곤 하지만, 그런 것이 큰 안목에서는 중요하지 않을 수 있다. 지금 당장 내가 조금 손해보는 것 같더라도 주변 사람들의 의견에 좀더 귀 기울이고 조율해 나가는 것이 중요하다.

토러스의 사랑에 대한 조언

＊그녀가 토러스라면 안정을 추구하는 별자리인 토러스는 곡선에서 아름다움을 찾는다. 당신이 설령 배가 나왔거나 대머리일지라도 걱정 마라. 토러스 그녀는 그런 당신을 기꺼이 사랑할 수 있다.

토러스의 사랑은 탐미적이거나 현실적이다. 탐미적인 토러스는 물질을 추구하는 토러스답게 돈보고 결혼할 수도 있다. 현실적인 토러스는 물질적인 욕망은 있지만 욕망을 절제할 줄도 아는 발전된 토러스이다. 혹여 당신이 모험적이고 파격적인 성향을 가진 사람이라면 조심하라. 안정을 추구하는 토러스 그녀가 눈에 콩깍지가 씌어 당신한테 속고 있는 것일 테니까.

비너스 키워드를 지닌 토러스 그녀는 미의식이 발달돼 꽃미남도 좋아한다. 감각이 발달된 별자리라 터치에도 약하다. 스킨십이 곧 사랑인 줄 알고 감각에 빠지는 오류가 생길 수도 있다. 토러스 그녀와 오래 사귀고 결혼해서 잘 살려면 스킨십을 아끼지 않되, 정서적인 교류를 할 필요가 있다. 토러스 그녀는 무뚝뚝한 남자는 절대 사양이라는 사실을 기억하자.

✱그가 토러스라면 토러스 그가 관계에서 제일 중요하게 생각하는 것은 '소유'이다. 자신의 여자, 배우자도 모두 소유의 연장으로 생각한다. 토러스의 남자는 자신이 사귀던 여자가 결혼한다거나 다른 남자친구가 생겼다는 이야기를 들으면 흔들린다. 자신이 한때 소유했던 것에 대한 상실감으로……. 이때 당신이 '그 여자를 더 사랑하는 것 같다'느니 '헤어지자'느니 하는 말을 한다면 바보 같은 짓이다. 토러스 그의 성향으로 알고 넘어가라.

대신 당신을 소유물로 취급한다는 느낌이 들면 그때는 따끔하게 혼을 내라. 소유욕 강한 그에게 계속 말려든다면 나중에 그의 속박에서 헤어나기 힘들다. 토러스 그조차도 이것이 마치 '사랑' 또는 '가족애'인양 속고 있는 것이다. 그때는 '나는 당신의 소유물이 아니다'라고 일침을 가하라.

토러스 그에게 당신을 어필하고 싶거나 상을 주고 싶을 때는, 조용한 수목원이나 전원을 찾고 집에 불러서 맛있는 요리를 해주라. 아니면 좀 더 전략적으로 적금 통장 얘기를 해도 좋겠다.

Gemini

·

쌍둥이자리
5월 21일~6월 21일

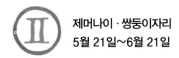

II 제머나이 · 쌍둥이자리
5월 21일~6월 21일

호기심 가득한 눈빛

밝고 상큼하며, 지적이고 명랑한 사람들. 호기심 가득한 눈빛을 반짝이는 별자리가 제머나이입니다. 제머나이의 상징은 쌍둥이인데, 그냥 떼려야 뗄 수 없는 사이인 여느 쌍둥이가 아닙니다. 쌍둥이 둘 중 하나에게 어떤 호기심이 작동하게 되면 다른 쌍둥이를 의식하지도 못할 정도로 몰두하는 모습. 이게 바로 제머나이의 기질입니다. 두 명의 쌍둥이가 각자의 호기심을 충족시키며 이곳저곳 소식을 전하고 다닙니다. 그래서 한 사람이지만 두 모습을 가진 제머나이, 매순간 달라 보이는 제머나이가 탄생합니다.

여럿이 길을 가다가 한 명이 사라집니다. 다시 오던 길을 내려가보면 액세서리 가게 앞에서 정신을 빼앗기고 있는 제머나이 친구를 발견하게 됩니다. 관심 끄는 것을 만나면 주변이나 다른 사람은 고려하지 않고 곧장 호기심의 세계에 빠져드는 기질 때문입니다.

10초에 한 번씩 화제를 바꾸는 제머나이를 본 적도 있습니다. 하나의 주제로 오랜 시간, 진득하게 대화하고 싶다면 제머나이 친구는 그리 적합한 상대가 아닙니다. 어떤 상황을 설명하려고 무심결에 음료수병을 집어들었는데, 제머나이가 바로 말을 자르고 들어오면서 "어? 그 음료수 진짜 맛 없더라. 그치"라며 화제를 바꾸는 경우를 당하면 말할 기운이 쏙 빠지죠.

당신에게 쌍둥이자리 친구가 있다면 이 해석을 읽고 왜 이 친구가 어제의 견해와 오늘의 의견이 시시각각 달라지는지 궁금해했던 것이 쉽게 풀릴 겁니다. 아니 그보다는 쌍둥이자리 본인들이 더 해방감을 느낄지도 모르겠네요.

관심사가 시시각각 변하는 제머나이로 태어난 당신은 이제 스스로 이중인격자가 아닌가 하고 좌절할 필요 없다고 말해주고 싶네요. 제가 만난 제머나이 중에는 이런 고민을 하는 분들이 많았습니다. 왜 이런 특징을 가진 별자리가 존재할까요?

인간의 생애에 비유하자면 제머나이는 대학 시절에 해당합니다. 사춘기의 막바지, 어른이 되기 전의 대학 시절은 가장 넓게 경험하고, 여행도 많이 하고, 더 많은 사람들을 만나기 위해 존재하는 시기입니다. 실제로 대학에 다니건, 대신 다른 공부나 일을 하건 모든 인간에게 이런 시기가 필요하죠.

마찬가지로 제머나이는 끝없이 새로운 관계를 찾아다닙니다. 혹자는 쌍둥이자리가 더 많은 사람과 더 많은 사물을 보고 싶어 하며 세상을 돌아다니는 이유가, 자신의 쌍둥이를 찾기 위한 여정이라고도 설명합니다. 내 쌍둥이 짝이 세상 어딘가에 있다면, 절실하게 찾고 싶은 마음이 드는 건 당연하겠죠. 그러니 세상을 헤집고 다니며 많은 사람들을 만나려 하는 것도 무리는 아닐 거예요.

제머나이에게 '관계'가 매우 중요한 키워드인 것은 분명한데, 사실 관계 자체보다는 관계의 '확장'이 제머나이들의 인생 목표처럼 보입니다. 한 자리에 머무는 법이 없이, 자꾸만 새로운 관계, 새로운 사람을 찾아다니니까요. 그래서 제머나이가 바람둥이 기질을 가졌다고도 말합니다. 쉽게 제머나이를 바람둥이라고 매도할 순 없지만, 이들이 바람 기질을 가진 사람인 것은 맞지요. 제머나이는 리브라, 어퀘어리스와 함께 공기 성향 별 자리이거든요. 세상에서 가장 자유로운 물질이 바로 공기입니다. 지구를 둘러싼 대기만큼 마음대로 세상을 여행하는 것이 또 있던가요? 그런데 공기는 자유롭게 움직이기만 하는 게 아니라, 그렇게 돌아다니면서 이곳과 저곳, 이 사람과 저 사람을 연결합니다. 남태평양에서 일어난 습한 기류, 내몽골에서 일어난 황사 바람, 모두 한반도까지 문제없이 날아와 우리나라 땅과 사람들에게 영향을 미치죠. 결국 이 공기의 움직임 때문에 내몽골과 한반도 사이에 관계가 생겨납니다.

꼭 황사 바람이 아니더라도, 무형의 정보도 공기를 통해 움직입니다. 내가 한 말의 진동이 다른 사람에게 전달될 수 있는 이유는 공기가 있기 때문이죠. 이제는 인간의 커뮤니케이션을 무한 확장시켜주는 TV와 인터넷, 전화 등의 '미디어'를 통해 정보가 정말 더 멀리까지 순식간에 전해지죠. 제머나이의 행성인 수성이 그리스 신화 속에서는 어떤 신인지 아세요? 바로 비너스의 아들인 머큐리이죠. 그럼 머큐리가 했던 일은 뭘까요? 메신저입니다. 메신저란 MSN이나 네이트온 같은 프로그램 아니냐고요? 원래 메신저라는 단어의 정의는 '소식을 전달하는 자'이죠. 오늘날의 미디어처럼, 머큐리는 이곳저곳 날아다니면서 남들보다 먼저 소식을 듣고 새로운 것을 본 뒤에 그것을 다른 신들과 인간들에게 전해주었습니다.

이게 바로 제머나이의 성격입니다. 발 없는 말이 천리 간다는 속담은 제머나이 기질에 꼭 들어맞는 이야기죠. 이들은 아주 작은 소문에서부터 정치 사회, 문화 전반의 다양한 정보에 두루 관심을 가집니다. 연예 정보 프로그램, '세상에 이런 일이'같은 프로그램과 인터넷상 각종 새로운 소식에 민감한 것도 제머나이입니다.

정보수집의 대가, 멀티 플레이어, 요점 정리

그러다 보니 제머나이는 정보 수집의 대가이며, 말재주에서 둘째 가라면 서러운 사람들입니다. 그리고 여러 관심사와 분야를 오가기를 좋아합니다. 전공 외에 여러 가지 취미나 직업을 갖고 있을 수 있으며, 그 모든 영역들을 두루 다 잘해내는 놀라운 능력을 가진 제머나이도 종종 보입니다. 멀티 플레이어인 셈이죠. 제머나이는 여러 가지 관심사를 끌어나가서 남들보다 더 많은 정보를 습득하고 똑똑한 사람이 될 수도 있지만, 다양한 지식을 수박 겉 핥기 식으로 습득하는 경향을 보이기도 합니다. 이것은 단점이 될 때도 있고, 장점이 될 때도 있습니다. 지나치게 무겁고, 진지하게 하나의 고민에 빠져 헤어나지 못하는 사람들은 제 머나이의 성격을 좀 배울 필요가 있으니까요.

가까운 친구 중에는 전형적인 제머나이가 있습니다. 그 친구와 대화를 하다 보면 주제가 이리저리 튀어 다니죠. 오랫동안 알고 지낸 결론은, 매우 똑똑하고 새로운 것을 배우고 사고하는 능력이 뛰어난 친구라는 겁니다. 하지만 안타깝게도 관심사가 하도 다양하다 보니 한 우물을 오래 파기가 어렵더군요. 전에는 옆에서 보기가 정신없어서 네가 원하는 게 뭔지 확실히 하고 움직이라고 잔소리도 해봤습니다.

하지만 제머나이는 다양한 경험을 하기 위해 살아가는 사람들입니다. 한 자리에 머무르라고 강요하면 안 되죠. 두 마리 토끼를 잡으려 한다거나, 한 가지 일을 꾸준히 하지 않는다면서 나무라는 것은 한 가지 목표를 끈기 있게 진행해나가는 염소자리 같은 별자리가 쌍둥이자리의 특성을 일방적으로 매도하는 결과가 될 수 있습니다.

별자리를 알게 되어 좋은 점은 서로가 이렇게 다르다는 것을 인정하고 모두가 다른 그 자체로 아름답다는 다양성의 이치를 알게 된다는 것입니다. 서로 견해가 다르다는 이유로 싸우고 전쟁을 해온 것이 인류의 안타까운 모습이지 않습니까?

제머나이가 좀더 성숙하면 남들 보기에 산만하리만치 다양한 경험과 공부를 하는 데 그치는 게 아니라 한 발 더 나아갑니다. 바로 여러 가지 일을 분류하고 처리하는 특별한 능력을 가지게 되는 겁니다. 제머나이가 조금만 다듬어지면 그들의 이해와 요점 정리 능력은 정말이지 타의 추종을 불허합니다. 의사소통의 가장 대표적인 수단인 언어 표현에서도 고수들이어서 말 재주나 글재주 좋은 사람이 많습니다. 앞에서 예로 든 제머나이 친구는 영어도 프랑스어도 금방금방 배우더니 발음마저 뛰어나게 구사해서 친구들의 부러움을 샀습니다.

〈100분 토론〉 진행자이며 대표적인 제머나이인 손석희 아나운서를 보세요. 토론을 매끄럽게 이끌어가기 위해 남의 말을 잘 듣고 정리하면서, 서로 다른 의견을 내놓으며 분전하는 패널들의 의견을 잘 엮어가는 능력이 출중하죠. 멋진 연설을 했던 것으로 유명한 미국 대통령 존 F. 케네디도 제머나이의 장점을 보여주는 인물입니다. 여러분 주변에도 관심사는 산만하지만 요점 정리 잘하고, 말도 잘하는 영리한 친구가 있지 않나요?

손, 재기발랄, 주얼리, 박학다식

제머나이의 건강 포인트는 호흡기와 폐, 양손과 팔, 다리입니다.

그리고 제머나이 친구 중에는 손이 예쁜 친구가 많고, 제머나이 여자들 핸드백을 열어보면 핸드크림이 있는 경우가 많습니다. 역으로, 제머나이가 손 예쁜 사람에게 반하는 경우도 많지요. 손 이야기를 하다 보니 손으로 먹고사는 사람 중에 독일 골키퍼 올리버 칸이 생각납니다. 그는 제머나이답게 또다른 직업을 갖고 있어서, 유능한 회계사이기도 하답니다. 축구 선수가 회계사라는 건 쉽게 상상하기 어려운 '투잡'이죠.

제머나이는 재기발랄한 성격으로 어떤 모임에서든 주위 사람들을 유쾌하게 만드는 재주가 있거든요. 외모에서도 이런 모습이 드러나서, 귀엽고 명랑한 인상이 강합니다. 맑은 얼굴에 호기심 넘치는 토끼 눈, 눈 밑에 도톰한 애교살이 있다면 제머나이일 가능성이 많습니다. 팔다리, 손가락이 길쭉하고 날씬한 것도 제머나이의 특징이죠. 이효리, 김희선, 장진영이 제머나이 스타들입니다. 어때요, 바로 감이 오죠? 외국에서는 마릴린 먼로, 니콜 키드먼, 안젤리나 졸리가 바로 제머나이 스타들입니다. 말 재주와 연관해보면 썬 싸인이 무엇이든 주요 행성에 제머나이가 자리잡아야 개그맨이 될 수 있다는 견해도 있습니다. 거구의 강호동이 귀염 떠는 모습이나 말 재간을 보면 차트상에 분명 제머나이가 있을 거라고 생각을 해봅니다.

또한 제머나이는 작고 반짝이는 액세서리에 민감한 사람들이죠. 주얼리, 비즈 공예를 하는 사람들의 생일로 차트를 뽑아보면, 썬 싸인이 제머나이거나 다른 중요한 행성에 제머나이가 배치되어 있곤 합니다. 새로운 휴대폰에 열광하는 것도 매우 제머나이스러운 성격입니다. 휴대폰은 손에 늘 들고 다니는 도구인데다 언제 어디서든 누군가와 이야기를 하기 위한, 커뮤니케이션 도구 아니던가요.

이러한 제머나이에게도 정반대의 '다크 사이드' 포스가 드러날 때가 있습니다. 물론 기본 귀염성을 깔고 있는 제머나이가 쉽게 다스 베이더가 되진 않습니다. 다만 시니컬하고 비판적인 사상가나 선동가일 경우가 있습니다. 제머나이가 쌍둥이라는 것을 상기해보면 이해가 됩니다. 천칭자리, 물고기자리, 쌍둥이자리처럼 두 개로 상징이 나뉜 별자리들은 내적인 갈등을 겪는 별자리입니다. <가위손> <캐러비안의 해적>의 스타 조니 뎁은 귀엽고 엉뚱하면서도 어두운 면을 잘 표현하는 개성 있는 배우입니다. 엄청난 아이라인을 그리고, 드래드 머리를 한 채 등장하는 잭 스패로우는 해적인 주제에 하는 짓이 상당히 귀엽지 않나요?

이들은 책도 아주 빨리 읽습니다. 몇 페이지만 넘겨봐도 책의 요점을 금방 잡아낼 수 있죠. 그리고 호기심 때문에 어느 정도 읽다가 바로 마지막 페이지로 넘어가 결말을 확인해버리는 묘한 습관도 있습니다. 한 장소에 가만히 앉아 있는 것도 잘 못 하는 편입니다. 놀 때도 여러 번 장소를 바꿔주는 게 좋습니다. 이 별자리 사람들은 행동도 빠르고, 말도 빨리 하는 편이고, 우물쭈물 망설이는 법이 없습니다. 다른 사람이 그 속도를 따라가려면 숨이 가쁘죠. 특히 토러스처럼 느긋한 친구라면 더 그럴 거예요.

도올 김용옥 선생을 생각해보세요. 그가 말하는 데 끼어들자, 누가 있을까요. 정말 박학다식할 뿐만 아니라 말과 글로 표현도 잘하는데, 유머러스까지 한 강의로 유명한 분이죠. 강력한 제머나이 별자리입니다. 온갖 장르의 학문과 강의를 소화하며, 강의 도중 가수와 콘서트를 하기도 하고, 매체에 글을 쓰고, 환경운동에도 참여합니다. 과연 다음 행보는 어디로 갈지 예측하기도 힘든 민첩하고 다양한 활동가이죠.

미디어는 인간의 커뮤니케이션을 무한 확장시키는 도구입니다. 차범근 해설의원은 전설적인 축구 선수였고 이제는 진지하게 축구 해설을 하면서도 통신업체 광고에선 '두리 아빠'로 코믹하게 등장하죠. 네, 그분도 바로 별자리가 제머나이입니다.

제머나이는 슬럼프에 빠졌을 때 누군가와 이야길 나누거나 새로운 정보를 접하면 슬럼프에서 거짓말처럼 빠져나올 수 있습니다. 아무리 작은 것이어도 새로운 물건, 호기심을 자극하는 물건을 선물로 받는 것도 큰 에너지원이 됩니다.

제머나이 친구가 약속 시간을 잘 못 지키는 경우에는 약속 시간을 잊어버려서가 아니라 여기저기 한눈을 팔고 오느라 그런 겁니다. 너무 탓하진 마세요. 귀엽고 발랄하고 통통 튀는 당신의 제머나이 친구. 지나치게 무겁고 진지한 인간의 삶에 가벼운 풍선을 달아주는 사람들. 당신 인생의 활력소가 될 수도 있는 이 소중한 친구를 잘 챙기세요. 길 가다가 잃어버리면 근처 액세서리 가게에서 찾아내시구요.

제머나이가 잘하는 것과 못하는 것

＊Pros 제머나이를 표현하는 가장 적절한 말은 '호기심 천국'이다. 이들은 여러 정보를 동시다발적으로 접하길 좋아하며 신기하리만치 기억도 잘한다. 제머나이는 한 번에 여러 개의 우물을 파는 성향이 있다. 한마디로 동시에 여러 가지 일을 하는 멀티 태스킹에 강하다. 오히려 그렇지 않으면 지루해한다. (에리즈는 갑자기 화락 타올라 한 가지에 완전히 몰입하다가 관심사가 쉽게 옮겨가기 때문에 여러 개의 우물을 팔 가능성이 크다는 점에서 제머나이와 비슷해 보여도, 다르다.)

한 번에 다양한 분야에 손을 대기 때문에 한 분야에서만 따지자면 얕고 가벼울 수 있지만, 이 다양한 지식을 꿰어 큰 맥락을 파악하는 능력이 있다. 태어날 때부터 전화기를 들고 태어난다는 농담을 할 정도로 의사소통에도 능하다. 이런 모든 특징이 사고의 속도가 빠르기 때문이며, 그 덕분에 제머나이는 총명하고 재기발랄하다. 말 재간, 유머감각이 좋아서 좌중을 사로잡으며 비평가의 기질을 가졌다. 두세 시간에 책 한 권을 읽을 정도로 엄청난 속독력를 자랑하지만, 사소한 부분도 잘 잡아내는 눈썰미가 있다.

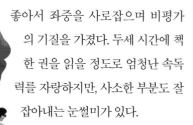

*Cons 하나에 오래 집중하지 못하기 때문에 지나치면 어수선한 사람이 된다. 끊임없이 이야기하길 즐기는 것도 정신없는 분위기를 만드는 데 한몫 한다. 제머나이의 다양한 분야에 관심 있는 성향이 지나치면, 진득하게 하는 것은 아무것도 없이 변덕만 부리는 부작용도 생긴다. 이런 성향은 인간 관계에서는 양다리 기질과도 통한다.

일시적인 집중력은 놀랍지만 장기적인 집중력은 부족하며, 결과적으로 성숙한 제머나이가 아니고서는 함께 오랜 시간 깊이 있는 대화를 하기 어렵다. 재미있는 이야깃거리를 많이 끌어내는 사람이지만, 깊이 있는 분석과 비평을 끌어내는 제머나이는 고수가 아니면 드물기 때문. 그러니 진지하게 고민 상담을 하고, 내 이야길 오래 들어줄 상대로 제머나이는 그리 적합한 상대가 아니다. 곧장 화제를 돌릴 것이다.

제머나이의 대인관계에 대한 조언

* **친구가 제머나이라면** 대화 중에 딴 생각을 하거나 갑자기 화제를 돌린다고 해서 서운해하지 마라. 제머나이의 머릿속은 다른 사람들의 배로 빨리 움직이고 있으며 관심의 방향이 튀는 것은 이들의 본성이다. 이들과 대화를 잘 이끌어가는 요령은 제머나이의 눈길이 다른 곳으로 향하기 전에 붙들어놓을 수 있는 재미있는 화제를 끊임없이 이끌어내는 것이다.

제머나이가 약속 시간에 늦는 이유는 결코 게을러서가 아니라, 오는 길에 관심을 끄는 것들이 자꾸만 튀어나와 잠깐씩 눈을 돌리는 사이에 시간이 흘러버리기 때문이다. 이런 것을 이해할 수 있다면 제머나이는 언제나 신선한 이야기와 정보로 당신의 머리를 자극해주는 재미있는 친구가 될 것이다.

*당신이 제머나이라면 자신이 다른 사람을 정신 없게 만드는 경우가 많다는 것을 잊지 마라. 당신의 머릿속에 일어나는 모든 생각들을 표현하고 행동으로 옮기는 것뿐이겠지만, 그 속도를 다른 모든 사람이 따라와주기를 강요하면 곤란하다. (특히 선배, 선생, 부모라면 이런 성향을 잘 눌러주길 바란다. 아랫사람은 어지럽다.)

천천히 곱씹어 생각하고 꺼진 불도 다시 보길 좋아하는 상대와 잘 지내려면 노력이 필요하다. 그런 상대가 보기에는 제머나이가 너무 쉽게 자신의 의견을 주장하더니 혼자 후다닥 성급한 결론을 내려버리는 것처럼 비쳐실 수 있다.

또한 친구가 하는 이야기에 별 흥미를 느끼지 못하더라도 눈치 채일 정도로 심하게 딴 생각을 하고, 친구가 뭔가 말하는 도중에 갑자기 당신에게 떠오른 다른 화제를 꺼내는 것은 결코 훌륭한 대화의 기술이 아니다. 자신이 말 돌리기의 일인자라는 것을 기억해라. 그리고 시간 약속을 했을 때는, 가는 길에 아무리 흥미로워 보이는 것들이 많이 발견되더라도 기다리는 사람을 우선으로 생각해주는 것이 어떨까.

제머나이의 사랑에 대한 조언

✱그녀가 제머나이라면 제머나이 그녀는 당신한테 집착하지 않는다. 당신한테 호감이 없어서가 아니다. 호기심 가득한 그녀가 자기 비즈니스가 너무 바빠서, 당신한테 신경을 쓸 겨를이 없거나 시간을 내지 못할 뿐이다.

제머나이의 그녀는 너무 귀엽다. 하는 행동도 귀엽고, 재주도 많고, 이야기도 쉴 새 없이 한다. 그러니 그녀가 당신한테 신경 쓰지 않는다고 상처받지 말고, 쌍둥이 두 명을 만난다고 생각하라. 다른 여자들의 두 배는 당신의 혼을 쏙 빼놓고도 남을 것이다. 제머나이 그녀는 "허허" 웃으며 자기의 이야기를 들어주는 남자라면 푹 빠지고 만다. 하지만 돈 얘기 하는 남자라면 그녀의 관심을 사기는 어려울 것이다.

호기심 많은 제머나이의 그녀를 만족시키려면, 드라이브를 하거나 기차 타고 여행을 가는 등 끊임없이 이벤트를 만들어라. 얼리어답터 기질이 있는 그녀는 신기한 물건도 좋아한다. 팬시점 같은 곳에서 앙증맞고 신기하고 재미있는 물건을 찾아 선물해 보라. 귀여운 그녀 얼굴이 더욱 귀엽고 환하게 바뀔 것이다.

*그가 제머나이라면 제머나이 그한테서 카리스마를 원한 다면 좀 어렵다. 제머나이 그는 카리스마보다는 오히려 촐 싹대는 편이다. 남자라고 꼭 과묵한 게 좋을까? 호기심이 너 무 많아 조금 산만하기는 하지만, 똑똑하고 다재다능하기 로는 제머나이 그를 따라갈 사람들이 없다.

"너는 내 인생의 시작이고 끝이야." 제머나이의 그한테 서 이런 말을 듣기를 기대하지 마라. 호기심 대장인 제머나 이의 그는 다른 여자들한테도 쉽게 말을 건넨다. 그래서 다 른 사람들이 보기에는 작업을 한다고 생각할 수 있다. 이 광 경을 보면 당신은 속이 뒤집히겠지만, 제머나이의 그는 단 지 새로운 그녀들을 알고 싶을 뿐이다. 관심은 그것으로 끝. 돌아서면 잊어버릴 테니, 당신은 '즐겁고 유쾌한 사람을 만 난다'고 생각하라.

제머나이 그 앞에서 침묵은 금물. 5분이라도 대화가 끊 어지면 그는 못 견뎌 한다. 이런 그를 이끌고 명상하러 가자 는 이야기는 참아주길. 대신 탈 것을 좋아하는 제머나이 그 와 동물원이나 놀이동산 같은 곳으로 짧은 여행을 간다면 무척 즐거운 시간이 될 것이다. 호기심 많은 그를 끊임없이 충족시키는 일이 피곤하다면, 너무 자주 보지 않는 것도 그 와 관계를 오래 유지하는 하나의 방법이다.

Cancer

·

게자리
6월 22일~7월 22일

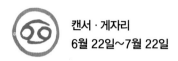

캔서 · 게자리
6월 22일~7월 22일

가족, 어머니, 양육의 별자리

예쁜 스쿠터를 타고 다니는 후배가 있었습니다. 클래식 스쿠터가 워낙 유행이기는 하지만, 그 후배의 스쿠터 사랑은 대단했지요. 어느 날 가벼운 사고로 스쿠터가 좀 망가지고 발뼈에 금이 가는 일이 발생했습니다. 깁스를 하고 나타나서 하는 말이, 스쿠터 타는 게 무서워졌지만 '내 자식 같은' 스쿠터를 팔아버릴 수는 없다는 것이었습니다. 아끼는 물건에 대해 애인이라거나 다른 표현도 있을 텐데 유난히 자식 같다는 표현을 여러 번 쓰더군요. 평소에도 어머니와 친구처럼 다정하게 전화 통화를 하는 후배여서 혹시 별자리가 캔서냐고 물어봤습니다. 역시나 그렇더군요.

가슴에서 우러나오는 감정을 공유하고 싶어 하는 깊은 정서의 소유자. 가족과 친구들을 자신이 보호해야 할 대상으로 생각하는 캔서는 전통적인 어머니, 양육자의 별자리입니다. 캔서 친구들은 가까운 친구나 동료인 사람들을 마치 제 가족처럼 대합니다. 그 덕분에 캔서가 있는 모임에서는 흔히 말하는 '가족 같은' 분위기가 형성되곤 하죠. 이런 정서적인 특징이 자기가 가진 물건에 투영되면, 자동차나 카메라 등 아주 아끼는 물건에 대해 내 자식 같다는 표현을 씁니다.

가족, 특히 어머니에게 에너지가 집중되어 있어서 캔서들은 대화 중에 가족이나 어머니에 대한 이야기를 빼놓지 않고 합니다. 누구나 당연히 가족에 대한 이야기를 하지만, 유난히 가족에게 신경을 많이 쓰고, 말끝마다 가족 이야기가 섞여드는 친구가 있을 겁니다. '우리 엄마가'라고 시작하는 문장이 많고, 어머니와 사이가 좋은 것도 캔서의 특징이죠. 이런 성향이 너무 지나친 남자를 두고 마마보이라고 하죠.

하지만 캔서 에너지의 원천이 가족이라는 걸 이해한다면 함부로 마마보이라는 둥 깎아 내리는 건 공평하지 않습니다. 나이가 어느 정도 들어야 확실히 발현되는 특징이기는 하지만, 함께 따뜻한 가정을 꾸릴 수 있는 사람과 결혼해서 아늑하게 가정을 꾸미고 살아가는 것은 캔서에게 매우 중요합니다. 캔서가 있으면 가족들이 이들에게 자주 의지하는 것은 두말할 것도 없는 일입니다. 아무리 미운 가족일지라도 전통적인 성향의 캔서는 물심양면 보살피고 명절을 빠짐없이 챙기고 신경을 씁니다. 이상적인 어머니의 사랑을 무조건적인 사랑, 대가를 바라지 않고 자신을 희생하는 사랑이라고 하죠. 바로 그게 성숙한 캔서가 보여주는 사랑의 모습입니다.

꼭 생물학적인 가족 관계가 아니더라도 가족처럼 가까운 사람들에 대해서 캔서는 정성을 다합니다. 쉽게 생각해서 내 울타리 안의 사람과 밖의 사람을 대하는 태도가 분명하게 다르죠. 친한 친구들 무리에서 유난히 다른 친구들을 잘 챙기고 늘 걱정해주는 친구가 있다면 쉽게 이해할 수 있을 겁니다. 제머나이와 비교하자면 캔서는 세상에서 나만이 중심이 될 수 없으며 남을 배려하고 함께 살아야 한다는 것을 아는 사람들입니다. 제머나이는 관계를 무한 확장시키는 사람들이지만 캔서는 이미 형성된 관계를 소중하게 가꿉니다.

그런데 캔서의 인간관계에서 한 가지 눈에 띄는 것은 그들이 만나는 그룹 사이에 눈에 안 보이는 파티션이 존재한다는 것입니다. 초등학교 동창, 고교 동창, 사회에서 만난 사람, 동아리 모임 등 각기 다른 그룹을 한데 모아 만나는 일은 피하는 것이 캔서입니다. 인간관계의 교집합에 약하다고 할까요.

캔서의 상징은 게입니다. 현모양처를 꿈꾸는 조용한 캔서 여성이라도 가족을 위해서라면 어떤 위험도 감수할 것이며, 어머니를 포함한 가족의 안전이 위협받는다면 무서운 게의 집게발이 가만히 있지 않을 것입니다.

감성이 풍부, 작가

또한 게는 물의 동물이죠. 열두 별자리 중에 캔서, 스콜피오, 파이시즈가 물의 자리들인데, 물의 성향이 강한 사람은 감정 영역이 강조되어 있습니다. 특히 그중에서도 캔서가 최고조를 이루는 건, 캔서의 행성이 달이기 때문입니다. 달은 인간의 감정과 내면을 관장하고 있기 때문이죠. 태양이 인간의 겉으로 드러나는 성질, 에고(Ego)를 담당한다면 달은 안에 감춰져 잘 보이지 않아도 에고에 영향을 미치는 이드(Id)입니다.

보름달이 뜨면 왜 개가 늑대로 변할까요? 왜 영어에서 '루나틱'은 미쳤다는 뜻일까요? 달은 사람의 내면을 조종하면서 감정을 요동치게 하는 힘을 가졌기 때문입니다. 개에게 숨겨진 야생의 본성을 깨우는 것이 보름달의 힘이라는 뜻입니다. 그래서 캔서 사람들은 다른 별자리보다 감정의 스펙트럼이 훨씬 넓어 한참 기분이 좋다가도 어느새 우울감에 빠져버리기도 합니다.

사람의 감정은 이성보다 불안정한 요소이고, 잘 변합니다. 그런 탓에 다른 별자리들보다 캔서들은 이렇다 할 만한 공통된 특징 몇 가지로 일반화하기 어렵습니다. 여러 사람의 캔서가 모두 다르게 보이기 때문이죠. 하지만 확실한 것은 있습니다. 캔서는 유난히 감정이 예민한, 또는 감성이 풍부한 사람들이라는 겁니다. 이들의 가슴은 달에 곧장 이어져 있으며, 달은 세상 모든 사람들의 가슴을 건드리거든요. 곁에 슬픈 일을 겪는 친구가 있으면 가장 자기 일처럼 아파 하는 것은 캔서 성향이 강한 친구입니다. 슬픈 영화를 보고 눈물을 잘 흘리는 것도 캔서입니다.

달을 수호 행성으로 하며 감성 넘치는 별자리라서 그런지 방송 드라마 작가나 시나리오 작가, 소설가 등등 글을 쓰는 사람들이 많습니다. 그리고 남을 돌보는 대표적인 직업, 간호사들도 게자리인 사람이 많습니다. 한번은 병원의 응급실 간호사들의 별자리를 물어본 적이 있는데 모두 캔서와 버고더군요.

재테크와 모으기

재테크와 꾸준한 저축, 그리고 증권투자와 부동산, 땅에 대한 투자 감각도 캔서의 특징입니다. 이는 게가 가진 단단한 껍데기, 자기 보호 본능을 연상하면 이해가 됩니다. 자기 방어적인 경향이 강하고 안전한 미래를 항상 생각하는 캔서들은 십중팔구 누구도 모르는 비상금을 따로 모으고 있답니다. 오죽하면 캔서가 망했다 해도 믿지 말라는 말이 있습니다. 그저 통장에서 돈이 조금 손해가 난 경우를 망했다고 한다는 것입니다. 게자리가 무료 급식을 받으려고 길거리에 줄을 서 있는 경우는 없을 것입니다.

무엇이든 버리지 않고 모아두는 것은 캔서와 토러스의 공통점입니다. 오랫동안 입지 않은 옷이든 어떤 물건이든 버리지 못합니다. 제머나이 성격이라면 도대체 왜 온갖 잡동사니를 끌어안고 사냐고 하겠지만, 캔서에게 물어보면 모든 물건에 버리지 못하는 추억이 깃들어 있다고 말할 겁니다.

캔서는 자산이나 물건을 모으는 것만이 아니라 기억을 모으는 것도 잘합니다. 기억력이 좋다는 이야기죠. 그런데 만일 이런 성향이 부정적으로 나타나면 서운했던 일만 굳이 저장고에 모아두는 모습을 보여주기도 합니다. 특히 자기가 뭔가를 베풀었던 상대, 가족처럼 살갑게 대하고 지원해주었던 상대가 그런 자신의 노력을 몰라줄 때, 그런 애정을 되돌려 받지 못할 때 좌절감을 느끼는 경우가 많습니다. 그리고 이런 기억을 오래 간직하곤 합니다.

어머니들이 자식들과 싸우는 경우에 "내가 너를 어떻게 키웠는데, 나한테 이럴 수가 있니!"라고 하는 전형적인 대사 있죠? 이게 바로 원망으로 가득 찬 캔서의 에너지입니다. 그래서 캔서에게 자주 하는 충고는 자신이 남을 돕는 좋은 일을 할 때 선행의 결과를 바라지 않는 게 좋다는 것과, 남에게 베풀 수 있는 따뜻한 배려를 스스로의 인생에도 투자하는 게 좋다는 것입니다.

가슴, 홈 파티, 동정심

협동경기인 축구에서 캔서들이 멋지게 활약을 하는 경우를 자주 보게 됩니다. 박주영, 황선홍, 조재진, 이천수가 그런 캔서이구요, 월드스타 지네딘 지단도 캔서입니다. 독일 월드컵 때 이탈리아의 수비수 마테라치는 마치 지단이 캔서인 것을 알기라도 하듯 지속적으로 지단의 가슴 부위를 꼬집고 잡아당기다가 지단의 누이를 모욕하는 발언을 하여 지단의 박치기를 당하게 되었죠. 이는 가족에게 약하고 건강의 포인트가 가슴인 캔서의 화를 폭발시킨 겁니다.

캔서는 홈 파티도 좋아합니다. 그런데 캔서가 당신을 집으로 초대했다면 이제 그의 울타리 안에 속하게 되었다는, 큰 신뢰를 받고 있다는 의미입니다. 그럴 때 무슨 선물을 들고 가야 할까 고민한다면 쉬운 방법을 알려드리죠. 슈퍼에 들러서 집에서 필요한 물건, 요리를 해서 함께 나눠 먹을 수 있는 음식재료를 사가세요. 거기에 친밀함과 애정을 담은 작은 쪽지라도 한 장 넣어 건네면 캔서는 고마움을 잊지 않을 겁니다. 그리고 캔서에게는 은으로 만든 반지나 목걸이가 잘 맞으니 참고로 하시구요.

캔서의 건강 포인트는 양육의 별자리답게 가슴입니다. 모든 여성에게 그렇지만 캔서 여성이라면 특히 일찍부터 부인과 검진을 정기적으로 받아주는 것이 필요합니다. 캔서 성향이 강하면 잘 우울해지기도 하는데, 여기서 벗어나려면 과거를 추억하거나 미래에 대한 두려움을 상상하는 것보다는 현재를 잘 살아가는 방법을 배우는 것이 좋을 거라고 생각합니다.

"나는 너 아니면 안 돼"라고 말하며 상대방의 동정심을 이용하는 유치한 게임에도 쉽게 넘어가버리는 마음 약한 캔서인데, 험한 세상에서 많은 일들을 어떻게 헤쳐 나갈까요? 자기 자신의 삶과 내면을 먼저 굳건하게 돌본 뒤에, 든든한 에너지를 충전해 상대에게 사랑으로 나누어주는 것이 진정한 사랑의 순서이겠죠. 캔서에게는 남을 보살피기 전에 먼저 나를 돌보는 사랑이 필요합니다. 상대를 위한답시고 자기를 잃어버렸다가 지치고 원망하고 결국 둘 다 힘겨워져서 등 돌리는 그런 거꾸로 된 순서의 사랑이 아니구요.

언제나 누군가의 힘이 되어주고 따뜻한 위로를 건네는, 착한 엄마 같은 캔서. 달이 어두운 밤하늘을 묵묵히 지켜주듯이, 당신 곁을 조용히 지켜주는 캔서 친구에게 자주 고마움을 표하는 것도 좋은 일이겠죠? 친구에게 웃으며 든든하게 기댈 수 있는 등을 빌려줄 수 있는 사람이 바로 당신이라면 더할 나위가 없겠네요.

캔서가 잘하는 것과 못하는 것

* Pros 남을 보살피기. 캔서가 주도하는 모임에서 사람들은 따뜻하고 편안한 분위기를 느낀다. 캔서가 좋아하는 전형적인 모임의 모습은 집처럼 편안한 분위기에서 자신이 준비한 맛있는 음식을 나눠 먹으며 따뜻하고 행복한 대화를 나누는 것. 캔서는 이성적으로가 아니라 감성적으로 남을 보살핀다. 엄마 같은 보살핌이다.

앞에서도 이야기한 것처럼 캔서는 가장 감수성이 예민한 사람들이며 남의 감정도 잘 '느끼기' 때문이다. '이해한다'가 아니라는 게 중요하다. 껍질이 단단한 캔서는 한번 이 사람은 내 친구, 내 사람이라고 생각하면 신의를 저버리는 짓은 좀처럼 하지 않는다. 싸우거나 서로 소원해지더라도 캔서는 친구를 버리지 않는다. 그리고 자신의 세상 안에 포함된 사람들에게 언제나 좋은 것을 베풀려고 노력한다. 캔서는 기억력이 좋기 때문에 그 능력을 글 쓰는 데 발휘하면 좋다. 특히 소설처럼 감수성이 필요한 글이 어울린다.

＊Cons 자신을 보살피기. 항상 남을 먼저 배려하느라 자기가 원하는 걸 잘 말하지 않는다. 그런데 이타심의 도가 지나치면 더 이상 착한 게 아니다. 미련한 거다. 그렇게 자신이 원하는 걸 말하지 않다 보면 결국은 다른 이의 행복을 위할 수도 없게 된다. 또한 일방적인 사랑이 보상받지 못하면 원망하는 마음이 자란다.

캔서는 지난 일을 잘 잊지 못한다. 사람이 모든 것을 기억하면 미치게 된다. 이런 증세를 보이는 것이 캔서 등의 '물' 성질 별자리들이다. 여자가 한을 품으면 오뉴월에도 서리가 내리고, 캔서가 억한 마음을 품으면 한여름에 우박이 내린다. 그리고 암 세포 같은 흉한 감정들을 키워 캔서의 따뜻한 마음이 변질된다.

캔서는 한번 자신의 심리적인 울타리 안으로 들인 사람을 저버리지 않는다고 했다. 이것이 지나치면 그만 보내야 할 인간관계까지 붙들고 늘어지는 집착을 보인다. 사랑은 움직이고 진화한다. 꼭 연인 간이 아니어도 세상 모든 관계에는 때가 있으며, 더 이상 서로의 인생에 교집합을 만들지 않는 것이 서로를 위해 좋을 때도 온다. 그러니 물건이든 사람이든, 포기할 땐 포기하고 흐름에 따라 흘려 보내는 연습이 캔서에게 필요하다.

캔서의 대인관계에 대한 조언

* 친구가 캔서라면 '고맙다'는 말을 아끼지 마라. 말 한 마디도 좋고 작은 선물도 좋다. 칭찬에 힘 나지 않는 사람 없지만, 애정 어린 고마움의 표현이 가장 큰 효과를 발휘하는 긴 캔서다. 정말 힘들고 모든 것이 다 부질없다고 느껴질 때, 마냥 짜증이 치솟을 때, 문제의 해결책을 알고 싶어서가 아니라 누군가가 내 응석을 그냥 받아주었으면 할 때 캔서 친구에게 달려가 보라. 캔서의 넉넉한 품으로 따뜻하게 감싸줄 것이다.

때로 캔서 친구는 지나간 첫사랑이나, 누군가가 자기에게 서운하게 한 일 따위를 잊지 못한다. 똑같은 이야기를 반복하고, 징징댄다. 그렇다고 상처받은 캔서에게 "너 왜 이렇게 징징대니! 그만 좀 잊어!"라는 말을 하기 보다 캔서가 당신에게 해주었듯 보듬어주어라. 그러면 캔서 친구는 속상한 기억에서 잊지 못할 기억에서 벗어나, 다시 마음이 따뜻하고 감수성 가득한 캔서로 회복될 것이다. 당신에게 고마움의 뜻으로 맛있는 저녁을 살지도 모르겠다.

＊당신이 캔서라면 내가 먼저 행복하지 않으면 결코 남을 행복하게 해줄 수 없다는 것을 기억하는 게 좋다. 캔서가 우울함의 우물을 파기 시작하면 미련스러워지고, 심하면 '청승'의 지경까지 갈 수 있다. 자꾸만 같은 기억을 반복해서 꺼내 곱씹는 짓은 하지 말자. 잘 이해가 안 되더라도, 자신에게 억울한 감정만 남아 끝까지 괴롭히더라도, 떨치도록 노력하는 게 스스로에게 이롭다. 어떤 상황이든 그럴 만한 이유가 있었을 거라고 생각하고 넘겨버리자. 안 되더라도 노력하자.

친구들이나 주변 사람들에게 따뜻한 친절을 베풀면서 꼭 그 사람한테서 같은 친절과 애정을 돌려받으려고 기대하지 말자. 내가 친절을 베풀 땐 보답을 바라지 말아야 더 현명한 사람이다. 세상은 결코 '기브 앤 테이크'가 명료한 곳이 아니다. 내가 지금 이 사람에게 친절을 베풀었다면 언젠가 다른 이가 당신에게 친절을 베풀 거라고 생각해보면 어떨까? 이제껏 살면서 내가 친절이나 애정을 베풀지 않았는데도 나에게 따뜻하게 대해준 사람이 있지 않은가? 애정은 꼭 쌍방향으로 오가야 하는 게 아니다. 끊임없이 사람들 사이를 흐르며 따뜻한 기류를 만들어내고 세상을 덥힐 수 있으면 되는 거다.

캔서의 사랑에 대한 조언

＊그녀가 캔서라면 '나, 너 아니면 죽을 것 같아.' 이 한 마디는 캔서 그녀의 가슴에 꽂히고도 남을 것이다. 캔서 그녀들은 모성애가 강해 불쌍한 남자를 보면 안아주고 싶어 한다. 불쌍한 척 그녀의 가슴에 안겨보라. 절대 뿌리치지 못할 것이다. 또 당신이 누구한테 피해를 보았거나 다쳤거나 아프거나 할 때도 가장 먼저 달려오는 사람이 캔서 그녀일 것이다.

캔서 별자리들은 여자도 남자도 결혼이 관건이다. 빨리 가정을 가지고 안정을 취하고 싶어 하므로, 캔서 그녀가 당신을 만나면서 불안해한다면 미래에 대한 확신을 주어라. 하지만 캔서 그녀들은 '집착'이 유난히 강하므로, 결혼에 대한 확신도 없이 그녀를 만나는 것은 한번 생각해볼 문제다.

그보다 가두는 에너지인 캔서 그녀를 이해하고 그녀 안에 꽁꽁 갇혀 있는 것들을 하나씩 끄집어 내줄 줄 아는 멋진 그가 되어보는 건 어떤가? 캔서 그녀는 열두 별자리 중 가장 야한 별자리라는 것도 잊지 마라. 캔서 그녀는 육체적으로든 정서적으로든 많이 안아주는 게 관건이다. 그녀의 이야기도 많이 들어주어라.

✱그가 캔서라면 대표적인 마마보이다. 하지만 차분하고 가정적이어서 가사 일도 잘하고, 자산 관리도 잘하고, 비상금도 잘 모으는 생활력이 아주 강한 사람이다. 대표적인 캔서 그인 비를 보라. 어머니 통장을 보고 무섭게 돈을 벌었다고 하지 않는가.

캔서 그는 감성이 발달되고 타이밍 감각도 있어서 당신의 기분을 잘 알아차린다. "이 반지는 우리 엄마가 신혼 때부터 꼈던 반지야. 이거 너 줄게." "머리 언제 바꼈어?" "귀고리 달았네?" "넌 우리 엄마 닮았어." 이런 말들에 너무 감동받지 마라. 캔서 그가 늘상 하는 말이다.

캔서의 그는 다정다감해서 내 여자친구, 가족이라면 죽고 못사는 사람이다. 만화 <캔디! 캔디!>의 안소니를 떠올려보라. 캔서 그의 대표적인 사람이다. 다정다감한 만큼 여자 못지 않은 온화함과 섬세함도 있다.

캔서 그는 섭섭한 기억은 절대 못 잊는다. 캔서 그한테는 실수로라도 섭섭한 이야기는 절대로 하지 마라. 대신 캔서의 그한테 "어머님은 뭐 좋아하세요?" 하며 가족들의 안부를 묻고 가족을 챙겨주는 말을 해보라. 캔서 그의 얼굴이 환한 웃음으로 변할 것이다.

Leo

·

사자자리
7월 22일~8월 23일

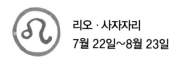

리오 · 사자자리
7월 22일~8월 23일

주변을 밝게 하는 축제의 별자리

창조적이고 관대한 백수의 제왕, 언제나 휴일처럼 인생을 즐길 줄 아는 로맨티스트 리오. 수호 행성인 태양처럼 밝고 당당한 별자리입니다. 정글의 제왕인 사자를 상징으로 삼은 별자리죠. 친한 리오 친구가 하나 있습니다. 다른 사람에게 그 친구에 대해 이야기할 때면 항상 이렇게 말하곤 합니다. "그 사람이 옆에 있는 것만으로도 주변 사람들이 즐거워지고, 환하게 밝아져." 정말로 그 친구와 함께 있는 자리는 항상 즐겁습니다.

한국에서 독일로 입양되어 자란 친구인데, 자신이 입양되어 자라온 이야기를 들려줄 때도, 슬픈 이야기를 할 때도 한없는 우울에 빠지거나 하는 일 따위는 없습니다. 어떤 상황에서도 긍정적인 면을 찾아내고, 자신감을 다질 줄 알거든요. 그래서 그 친구랑 있으면 함께 있는 사람도 근거 없는 자신감이 절로 솟아나곤 합니다. 일단 귀에서 귀까지 걸리는 그녀의 미소는 아주 끝내준답니다.

주변 사람들에게 밝은 기운을 전하는 것은 리오의 특기입니다. 에리즈, 세지테리어스와 함께 불의 별자리인 리오는 불 중에서도 캠프파이어처럼 활활 타오르는 불이거든요. 다시 한 번 말하지만, 수호 행성이 태양이니 그 불 기운에 대해서는 할 말 다 한 거죠. 우리가 아는 가장 거대한 불덩어리, 에너지의 근원이 바로 태양이니까요. 그 기운을 전수받은 리오가 다른 이들까지 타오르게 만드는 것은 당연한 일입니다. 리오는 아주 잘 놉니다. 주로 무리를 이루어 노는 것을 좋아하고, 자연스레 파티도 좋아합니다.

반면 혼자 놀기에는 아주 약하죠. 그리고 자신이 노는 자리를 주도하는 것을 좋아합니다. 분위기 메이커, 그 사람이 있어야 떠들썩하게 놀 수 있다고 주변 사람들이 입을 모아 인정하는 친구가 바로 전형적인 리오의 성격입니다. 어떤 친구가 생일을 맞거나, 뭔가 축하받아야 할 일이 있어서 모여 놀 때도 마치 주인공처럼 나서서 잘 놀죠. 술을 마시다가 뛰어나가서 춤을 추기도 합니다. 간혹은 너무 나선다고, 맨날 자기가 중심이 되어야 하는 사람처럼 군다고 곱지 않은 시선을 보내는 친구도 있을 겁니다. 하지만 리오는 천상천하 유아독존 타입의 인간은 아닙니다. 다른 이들의 지지와 환호가 없으면 기운을 내지 못하거든요. 리오는 다른 어떤 별자리보다 남의 시선과 칭찬에서 에너지를 얻습니다. 칭찬은 고래도 춤추게 한다는데, 물론 모든 사람에게는 칭찬이 필요합니다. 하지만 리오는 유난히 이게 심하다는 거죠.

화려한 옷차림, 로맨티스트, 창조와 예술

남의 시선과 좋은 평가를 바라다 보니, 옷을 잘 차려 입고 헤어스타일에 유난히 신경을 쓰는 것 역시 리오의 특징입니다. 리오가 옷을 잘 입는다는 것은, 보수적으로 격식 맞춰 '잘' 입는 게 아닙니다. 그보다는 눈길을 끄는 옷차림, 아무나 시도하지 못할 과감하고 화려한 옷차림을 뜻합니다. 금 장신구도 좋아하죠. 금으로 된 귀고리, 목걸이, 시계 등을 화려하게 걸치고 당당히 길을 걷는 사람? 그의 썬 싸인이 리오이거나, 라이징이나 주요 행성에 리오가 있을 겁니다.

리오의 키워드 중 또 하나는 연애입니다. 누가 연애에 관심 없겠어요. 하지만 리오는 12개 별자리 중에서도 대표적인 로맨티스트들입니다. 캔서가 가정과 결혼을 위한 과정으로서의 따뜻하고 안정적인 연애에 관심이 있는 반면, 리오는 아름다운 로맨스와 그 무드를 즐기는 타입입니다. 친구의 사랑 이야기를 들으며 자기 일처럼 눈빛을 반짝이고, 질문을 퍼붓고, 들뜨는 사람이 있다면 그가 바로 멋진 백마 탄 왕자를 꿈꾸는 리오입니다. 전형적인 리오 친구라면 연애가 끊이지 않을 것입니다.

그리고 또한 리오를 깊은 절망에 빠뜨릴 수 있는 것도 연애지요. 헤어지는 건 누구에게나 힘들죠. 특히 상대방이 바람을 피웠다면 더 할 말 없을 겁니다. 하지만 이제껏 목격한 중 최악의 이별을 겪은 지인이 바로 앞에서 예로 든 리오 친구입니다. 귀엽게 통통한 친구였는데, 남자친구가 바람을 피웠다는 것을 알게 되고 앓아 눕더니 옷장을 통째로 바꿔야 할 정도로 심하게 살이 빠져버렸습니다. 정말 '익스트림 메이크오버'였어요.

그런데 한 달쯤 뒤에 정신을 차린 그 친구는 다시 예전의 밝은 모습으로 돌아왔고 한두 달도 지나지 않아서 '사랑밖에 난 몰라'가 자신의 신조인 양, 또다른 사랑을 찾아서 들떠 있었습니다. 남자친구 따라서 미국으로 이사 간다는 것을 말려도 듣지 않았는데, 다행히 실행에 옮기지는 않았습니다.

연애와도 일맥상통하는 리오의 또다른 키워드는 창조와 예술입니다. 연애도 예술도, 강렬한 자기 표현의 방식입니다. 근본적으로 리오는 사회가 자신의 개성을 흡수해버릴까 두려워하는 사람들입니다. 물론, 누구에게나 개성은 중요하지만 리오는 그 중에서도 가장, 자신의 존재, 자신의 개성과 감정들이 드러나지 않으면 살 수 없는 사람들입니다. 그래서 리오는 표현을 잘합니다. 비슷한 생각이나 감정도 좀 다르게, 독창적으로 표현합니다. 남과 다르게 보이길 원합니다. 어때요? 우리가 전형적으로 머릿속에 그리는 '예술가 기질'이라는 것이 이런 특징 아닌가요? 그래서 리오는 창조의 별자리, 예술가의 별자리라고도 합니다.

꼭 예술을 업으로 삼지 않더라도 많은 사람들에게는 예술적인 성향이나 욕구들이 숨겨져 있습니다. 정도의 차이는 있지만요. 리오는 일상생활에서도 자신을 드라마틱하게 표현하는 기질이 강합니다. 굳이 거짓말로 꾸미고 부풀린다기보다, 이들이 워낙 감정을 강렬하게 경험하며, 경험한 감정을 가만히 담아두질 못하기 때문이라고 이해하는 것이 좋습니다. 감정을 열정적으로 표현하며, 종종 폭발시키기도 합니다. 가끔 남들이 보기에는 이해가 안 될 수도 있습니다. 그래도 이들이 가식적이라고 쉽게 단정 짓지는 않았으면 좋겠어요.

리오를 표면적으로만 이해하면 세상이 자기를 중심으로 돌아가야 한다고 생각하는 사람이라고 치부해버릴 수 있어요. 하지만 리오는 자기 혼자서 살고 싶어 하는 사람이 아닙니다. 자기를 봐줄 사람, 둘러싼 사회를 필요로 합니다. 리오가 스스로 안정감을 느끼는 방법이, 사회 안에서 계속해서 자기정체성을 확인하는 것이라는 점이 다르죠. 그래서 자신이 사회의 '중요한' 일원이라는 것을 확인하고자 하며, 이렇게 해서 얻은 명예와 부, 힘으로 자신의 가족, 사랑하는 친구, 주변 사람들을 왕처럼 대접해주고 싶어 합니다.

그래서 이들은 일단 자신의 사람들이라고 마음 안에 자리 잡은 사람들에게 매우 관대합니다. 좋아하는 친구들에 둘러싸여 있어야 행복해집니다. 에리즈가 자주 사람들과의 경쟁을 통해 자신을 확인하는 경향이 있다면, 같은 불의 별자리이지만 리오는 싸움이 일어나는 것을 의아해하며 당황할 수 있습니다. 그런 경쟁 구도가 생긴다면 리오는 아예 그 사람을 보지 않는 쪽을 택할 것입니다. 또는 많은 사람들과 만났을 때 리오를 오랫동안 모른 체하고 자신들만의 이야기에 집중한다면 리오는 다시 그 모임에 오지 않을 것입니다. 리오와, 반대편 싸인인 어퀘리어스는 둘 다 많은 사람들과 어울리는 것을 좋아합니다. 하지만 리오는 항상 리더이고 주인공이어야 하는 반면, 어퀘어리스는 자신이 주도적인 자리에 있는 것을 매우 불편해합니다. 리오는 분위기를 주도해야 빛이 납니다.

갈기 같은 머리카락을 휘날리거나, 거들먹거리길 좋아하는 보스 기질의 남자, 금 목걸이까지 하나 걸면 영락없는 리오입니다. 사자 갈기처럼 리오에게 머리카락은 정말 소중하기 때문이죠. 삼손은 바로 리오가 아니었을까요? 에너지가 머리카락에 있는 것인지 모든 리오들은 남다른 헤어스타일을 자랑합니다. 둘리 아빠, 만화가 김수정 씨의 트레이드 마크인 파마 머리는 그분이 리오라는 것을 대표적으로 보여줍니다. 만화가들이 단체로 모여 술을 마신다는 것은 엄청난 비용이 드는 행사입니다. 술꾼이 많은 만화가들의 모임에서 거의 대부분 혼자서 돈을 지불하는 사람이 바로 김수정 선생님입니다. 한번은 후배들이 돈을 내려 할 때 이렇게 말하는 것을 본 적이 있습니다. "너희 이제 나를 안 볼 생각이니?" 리오는 일단 '나의 사람들이다'라는 생각이 들면 끝없이 베풀기를 좋아합니다. 물론 조용히 사는 게 아니라 당당하고 밝게 "내가 낼게"라고 말하는 것이 보통이죠.

일제시대 종로의 주먹, '장군의 아들' 김두한은 머리카락에 포마드를 발라 올백으로 넘기는 데 한 시간씩 공을 들였다고 합니다. 그리고 부하들에게는 이렇게 말했다는군요. "사나이의 머리카락은 왕관과 같은 것이다." 사자의 갈기는 왕관, 그럴 듯하죠? 자유롭고 용감하며 삶 자체가 화려한 팝가수 마돈나는 리오 여성의 대표주자입니다. 밝은 금발을 휘날리는 마돈나의 헤어스타일을 떠올려보세요. 그녀는 남자한테 의존하거나 리드 당하는 상황을 단 한 번도 노래한 적 없습니다. 바로 '왕'이 되어야 하는 리오이기 때문이죠. 마돈나의 데뷔곡 <홀리데이>는 세상을 창조적으로 즐기며 놀고 쇼핑하고 옷 사고 파티하는 리오에게 딱 맞는 곡이 아닐까 생각합니다.

독일로 간 축구 선수 차두리는 한국대표팀 유일의 리오 선수입니다. 그의 빡빡 깎은 '극단적인' 헤어스타일도 역시 리오의 성격을 보여줍니다. 공을 뻥뻥 차대며 지치지 않고 달리는 차두리는 팀을 밝게 만듭니다. 그의 해맑게 웃는 얼굴을 보고 같이 웃지 않기는 어렵거든요. 차두리처럼 프랑스의 축구 스타 티에리 앙리도 리오인데, 활짝 웃는 미소가 매력 만점이죠. 남자건 여자건 리오는 웃음이 유난히 밝습니다. 태양이 밝게 비칠 때의 기운처럼요. 그래서 미인이건 아니건 웃을 때만큼은 최고로 밝고 예쁩니다.

리오에게는 아이처럼 순수한 면이 있습니다. 바로 앞에서도 얘기한, 리오는 칭찬을 먹고산다는 특징입니다. 도도한 리오에게 진심 어린 칭찬을 한마디 던져보세요. 오늘의 옷차림이나 헤어스타일이 아주 잘 어울리고 멋지다는 말은 항상 먹힙니다. 칭찬을 받은 리오는 사자가 아니라, 목을 긁어줘서 기분 좋다고 가르릉거리는 고양이로 변합니다.

창조적인 엔터테이너, 아티스트, 파티플래너, 바나 호텔의 매니저, 웨딩 플래너 등 창조성과 화려한 열정이 있는 직업 영역에 리오가 있습니다. 꼭 아티스트가 아니어도 상관없어요. 당신의 보스가 리오라면 당신의 회사 생활은 즐거움으로 가득 찰 가능성이 많습니다. 하지만 리오가 정치인일 경우 대통령이나 총리 같은 최고지도자의 자리까지 가기는 어렵다고 봅니다. 앞에 나서길 잘하는 리오는 너무나 눈에 띄기 때문에 금방 정적의 공격 대상이 되어버리기 때문입니다.

리오가 대통령이 되었다면 그것은 스스로의 힘보다는 주변의 도움이 컸기 때문일 것입니다. 리오인 미국의 빌 클린턴 전 대통령은 아내인 힐러리 클린턴의 도움을 많이 받았죠. 클린턴과 힐러리가 시골에 놀러 갔던 재미있는 에피소드가 있습니다. 빌 클린턴이 이렇게 물었습니다. "힐러리, 저 주유소 사장이 당신의 첫사랑 아니야?" "그래, 맞아." "당신은 재수가 좋군, 만약 나와 결혼하지 않고 저 사람과 했다면 시골 주유소 사장 부인이 될 뻔 했어." 그런데 힐러리 클린턴의 대답이 걸작입니다. "아니, 그렇다면 저 사람이 미국 대통령이 되었겠지."

리오가 가장 조심해야 할 것은 지나친 낙관주의입니다. 리오는 항상 당당하게 큰소리를 치고 제스처도 크게 하니까 주변 사람들은 그걸 믿기 쉽죠. 하지만 그 자신감이 항상 실속이 있고 문제 없이 탄탄한 것이 아닐 때가 있으니 문제입니다. 그런데 리오는 남의 충고를 유난히도 듣지 못하니 어떤 일이 심각하게 돌아간다고 주변에서 말해도 리오는 듣지 않습니다. 결국 마지막에 큰 충격에 빠지는 경향이 있습니다.

마치 성 안에서 모든 것이 다 잘되고 있다고 생각하고 있는, 용맹하지만 천진하고 단순한 왕의 모습을 닮았죠. 잘될 때나 못될 때나 리오는 친구의 목소리에 귀를 기울이는 것이 좋지 않을까 생각합니다. 물론 이것은 '왕'이 되어야 하는 리오의 성격에 매우 힘든 일이지만요. 관대하고 창조적이고 즐거운 별자리 리오. 그들의 태양 같은 밝음과 자신감을 더욱 북돋아주면서, 우리도 같이 한없이 밝게 인생을 즐기는 행복한 사람이 되면 참 좋겠습니다.

리오가 잘하는 것과 못하는 것

＊Pros 리오의 에너지는 자신의 감정과 생각을 창조적으로 표현하는 에너지이다. 좀처럼 우울에 빠져들지 않으며, 다른 이들에게도 기운 차고 밝은 기운을 전해준다. 자신감 없는 사람에게 자신감을 북돋워주는 것도 잘하고, 어떤 모임이나 조직을 이끄는 리더로서의 역할도 잘한다. 그리고 자신을 믿어주는 사람에게 매우 관대해서 끝없이 베푼다.

가까운 사람들, 가족과 친구, 친한 동료들에게 리오는 든든한 보호자가 되어준다. 약자를 지켜주려는 정의감이 강하다. 자신에게 지워진 책임이 아무리 무거워도 기대를 저버리지 않는다. 다른 이들의 기대에 부응하지 못하고 실망을 안겨주는 것은, 그래서 자신에 대한 사회의 평가가 떨어지는 것은 리오가 가장 두려워하는 일이기 때문이다.

*Cons 밝은 건 좋은데, 다만 때로 너무 밝을 때가 있다. 그러다 보니 어두운 면을 보지 않으려 하고, 어떤 일이나 관계 등에 내재한 문제점을 지나쳐버릴 수 있다. "다 괜찮아. 잘될 거야"라는 기운찬 말이 먹히지 않는 순간이 오면 리오의 자신감은 쓸모없게 된다.

책임을 지고 일을 떠맡는 경우가 많으며, 대개의 경우 씩씩하게 해나가지만 자신의 한계를 생각하지 않아 곤란해질 수 있다. "내가 책임질 테니까 걱정 말고, 나만 따라와"라고 했다가 너무 버겁거나, 문제가 악화되어 스스로의 힘으로 해결하지 못할 지경에 이를 수도 있다.

그런 지경까지 가서 자신감과 자존심에 큰 상처를 입지 말고, 가끔은 스스로의 능력과 한계를 고려해 이성적인 판단을 내릴 필요가 있다. 물론 전형적인 리오가 이런 사고를 하기란 매우 어려우며 속 아픈 일이긴 하지만 감정이나 돈, 뭐든지 지나치게 써버리는 경향이 있다.

리오의 대인관계에 대한 조언

＊친구가 리오라면 언제 어느 때라도 칭찬을 아끼지 마라. 리오를 만날 때마다 칭찬 하나씩은 필수. 물론 마음에도 없는 칭찬을 억지로, 티 나게 하라는 말은 아니다. 그 사람에게 지금 가장 적절한, 사소한 한마디 말이면 충분하다. "그 옷 원래 갖고 있던 건가? 잘 어울리네." "역시 너랑 놀아야 최고로 재밌어." 같은.

만약 리오 친구에게 반대되는 의견, 충고 등을 하려면 직설적인 방법은 통하지 않는다는 것을 기억해라. 어차피 리오에게는 남의 쓴소리가 잘 입력되지 않는다. 그러니 효과 없는 말로 관계를 망칠 필요는 없다. 아니면 전적으로 신뢰하고 있다는 것을 확인시킨 이후에 슬쩍 넘어가듯이 한마디 정도는 해볼 수 있겠다. 리오 연인을 두었다면 특히, '나는 당신을 온전하게 사랑하며, 믿고, 따른다'는 것을 확신시키지 않은 상태에서 리오를 당신이 원하는 방향으로 이끌기는 어렵다.

＊당신이 리오라면 리오답게 밝은 에너지로 주변 사람들을 즐겁고 행복하게 해주는 것은 정말 좋은 일이다. 많은 이들이 당신에게서 얻는 태양 에너지에 감사할 것이다. 하지만 나서는 것을 자제해야 할 때가 있다는 것을 염두에 두어라. 내가 앞에 나가서 춤을 추는데 친구들이 시선을 집중하지 않는다고 해서 화를 내거나 토라져서는 안 된다. 세상은 당신을 중심으로 돌아가지 않으니, 때로는 주인공이 안 될 때도 있다는 걸 기억해라.

그리고 꼭 남의 시선과 인정, 칭찬이 있어야만 당신이 제대로 된 인간이 되는 것도 아니다. 스스로 자신의 가치를 보고 인정하고 칭찬해주는 것이 리오를 더욱 강하고 밝은 사람으로 만들어줄 수 있다. 그러다 보면 절로 남의 인정과 칭찬을 얻는 때도 온다. 누가 자신을 전적으로 지지하고 믿어주지 않는다고 해서 으르렁대지 말자. 에너지를 폭발시키지 않도록 조절하는 법을 배우고, 지금 나를 반대하는 사람에게까지 관대함을 발휘할 수 있다면 최고의 리더가 될 수 있다.

리오의 사랑에 대한 조언

＊그녀가 리오라면 리오 별자리는 남자든 여자든 왕이 있고 그 밑에 자신이 있다고 생각한다. 리오 그녀는 당연히 자신이 일국의 공주라고 생각하고 다른 나라의 백마 탄 왕자를 기다린다. 사신은 한 평생 공주처럼 떠받들어져 살아야 하기 때문에, 그가 자신의 한 평생을 완벽하게 고용할 수 있을지 없을지를 먼저 생각한다.

한 리오 후배가 남자친구랑 다투는데 "어디서 기어올라요?"라고 이야기하는 것을 들은 적이 있다. 이것이 리오 그녀의 대사다. 설령 남자친구라도 어디 감히 일국의 공주인 자신한테 이래라 저래라 하는 것인지 못 참아한다. 그러니 당신의 그녀가 이런 대사를 한다고 해도 너무 당황해하지 마라.

축제의 별자리인 리오의 그녀는 자신과 즐겁고 재미있게 놀아주는 남자를 좋아한다. 그녀에게 "오늘 참 예쁘다" "옷 잘 어울려" 하는 칭찬을 해보라. 밝고 천진난만한 그녀가 더욱 어린아이 같은 모습이 되어 뛸듯이 기뻐할 것이다.

*그가 리오라면 리오 그는 자신이 왕권을 이어받을 세자이기 때문에 자신이 만나는 여자가 군주이신 아버지 마음에 들지 안 들지를 굉장히 중요하게 생각한다. 당신의 그에게 아버지가 어떤 여자를 좋아하나 반드시 물어보라.

리오 그는 엔터테인먼트의 별자리답게 주변 사람들을 즐겁게 해주고 잘 이끈다. 리오 그는 당신을 만날 때 데이트 비용도 자기가 다 내야 한다. 안 그러면 모욕으로 생각한다. "그냥 내가 하자는 대로 해." 이게 리오 그의 대사다. 당연히 바람둥이 기질도 다분하다. 하지만 결혼하면 자기 부인과 자식을 자기 백성으로 어여삐 여겨 관대하기 때문에 결혼생활은 아주 편할 수 있다.

리오 그에게 충고를 하거나 이러고 저러고 딴지 거는 것은 절대 금물. 그의 말에 "다 옳소!" 하고 사소한 것이라도 칭찬해줘보라. 그는 행복의 나락에 빠질 것이다. 리오 그는 자신의 여자를 이상향으로 생각하는 경향이 있어, 육체관계로 나아가기는 쉽지 않다는 점도 감안하라.

Virgo

·

처녀자리
8월 23일~9월 23일

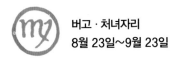

버고 · 처녀자리
8월 23일~9월 23일

주어진 책임을 소홀히 하는 법이란 없으며, 항상 뭔가를 걱정하거나 분석하려고 애쓰는 표정을 짓고 있는 진지한 사람들. 좀처럼 황당한 소리를 늘어놓지 않고 늘 현실적이기 때문에 가끔은 답답하지만, 더할 나위 없이 믿음직한 사람들입니다. 그리고 열두 별자리 중 건강에 대한 관심이 가장 많은 별자리가 바로 처녀자리인 버고입니다.

버고는 가장 정밀한 해상도의 풀 HD 모니터로 세상을 보고 있는 게 아닐까요. 이들은 12개 별자리 중에서 가장 분석적이며 세심한 사람들이며 완벽주의자들입니다. 버고의 전형적인 인상은 단정한 옷차림과 흐트러지지 않는 자세, 예의 바른 말투를 갖쳤으며 상대방에 대한 예의를 지키는 사람입니다. 심지어 글씨도 단정하게 씁니다.

버고의 상징이 '처녀자리'라고 하니 오해를 많이 합니다. 처녀니까 순수하고 여성스러운 특징을 지녔다는 뜻이 아닙니다. 완벽주의자 버고가 처녀를 상징으로 삼은 이유는 이들이 순수함을 추구하기 때문입니다. 처녀라는 단어가 가진 전형적인 이미지 '여성스러우며 나긋나긋하고 예민하지만 세상의 때가 묻지 않았다'라는 따위를 뜻하는 게 아닙니다.

오히려 버고는 매우 현실적으로 세상을 살아갈 줄 아는 사람들인걸요. 이렇게 생각하면 쉬울 겁니다. 자동차에 넣는 기름에 불순물이 많이 섞여 있으면 자동차가 제 성능을 내기 어렵겠죠. 엔진은 금방 고장이 날 테고, 효율적이지 못합니다. 바로 최고의 효율을 내기 위해 버고는 불순물을 제거한 순수한 상태를 추구합니다. 그러려면 나에게 주어진 자질과 재능이 어떤 방해도 받지 않고, 어떤 막이나 찌꺼기도 덧씌워지지 않은 상태로 발휘될 수 있어야 합니다.

제머나이와 버고는 둘 다 수호 행성이 머큐리인데, 그 덕분에 기본적으로 총명한 사람들이죠. 덕분에 버고는 매우 이성적이며 분석적입니다. 공부든 일이든, 목표를 가장 잘 이루기 위해서는 불필요한 과정은 줄여야겠죠. 그러려면 지름길이 무엇인지를 미리 잘 생각하고 계획을 세운 뒤에 길을 가야 할 것입니다. 때로는 감정도 버고에게는 불필요한 요소로 보여집니다. 감정, 과거의 기억들은 기쁜 것이든, 슬픈 것이든 앞으로 내가 살아가는 데 자산이 될 경험으로만 남아야 합니다. 하지만 많은 사람들이 지난 기억과 감정이 자아를 발전시키는 데 걸림돌이 되는 경우를 종종 경험하곤 하죠. 버고는 이런 여지를 없애려고 냉철한 분석력의 안테나를 항상 세우고 있습니다.

이들이 완벽주의자라고 해서 완벽하다는 뜻은 아닙니다. 완벽을 추구한다는 뜻이죠. 버고는 계획을 치밀하게 세우고 언제나 완벽하게 해내고 싶어 하지만 늘 뜻대로 되지는 않으니 종종 좌절을 경험합니다. 계획에 차질이 생기거나 계획 자체가 수정되면 버고는 남들보다 더 많은 스트레스를 경험합니다.

그런데 사람은 스트레스를 받는 상태에서 결코 최고의 효율을 가지고 생각하고 행동할 수 없게 되죠. 사실 버고는 유연성이 떨어지는 사람들이라서 스트레스를 조절하거나 줄이는 데는 그리 능하지 못합니다. 아이러니죠. 불순물을 제거한 기름을 넣고 싶어 하면서 스스로 불순물을 투입하는 상태가 되는 거니까요.

버고가 이처럼 완벽하게 움직이려고 하는 것은 일차적으로는 자기 자신을 위해서가 아닙니다. 버고는 봉사정신, 희생정신에서 둘째 가라면 서러운 사람들이거든요. 어떻게 하면 가족과 친구들, 가까운 사람들에게 도움을 줄 수 있을까, 사회에 보탬에 될 수 있을까를 생각합니다. 길 가다가 만나는 걸인에게 동정심을 느끼고 어떻게든 도와주고 싶어 하는 종류의 봉사정신이 아닙니다. 동정심이 아닌, 좀더 체계적이고 이성적인 봉사정신이죠. 이들은 개인적인 욕망의 작용으로 움직이는 것이 아니라 누군가에게 봉사하는 것이 DNA에 각인된 사람처럼 보입니다. 게다가 버고는 토러스, 캐프리컨과 함께 흙의 별자리이니 현실의 일을 잘 챙기고 안정을 추구하며, 다른 사람들에게도 안정감을 줍니다.

따지고 보면, 남을 도와서 더 잘 사는 모습을 보는 것이 버고에게는 개인적인 욕망이며 기쁨이 아닐까요? 어쨌거나 이런 사람들이 주변에 있다는 건 감사할 일입니다. 가족과 친구가 도움을 청하면 물론이고, 도움을 청하지 않아도 문제가 생기면 하던 일을 멈추고 달려갑니다. 자선사업과 봉사단체, 어려운 이를 돕는 사회 단체에 참여합니다. 가수 김장훈은 재산의 대부분을 어려운 이를 돕는 데 쓰고 한 해에도 수천만 원을 기부하는 등의 활동으로 알려져 있죠. 버고의 봉사정신을 온몸으로 실천하는 사람입니다. 마더 데레사 수녀님도 버고의 봉사정신을 숭고한 인류애로 발전시킨 위대한 분이시죠.

그런데 버고의 봉사정신이 항상 좋은 것만은 아닙니다. 노파심이 많다 보니 주변 사람들에게 심각한 잔소리쟁이가 되거나 계몽주의자가 되어 항상 옳은 말, '해야 하는' 의무와 책임에 대한 교훈을 늘어놓기도 합니다. 원하지 않는 충고를 하고, 필요 없다는데도 돕겠다고 고집하면 상대방은 짜증스러울 수도 있겠죠. 버고는 "다 너 좋으라고 하는 소리니까 좀 들어"라고 항변할지 모르겠습니다. 그래도 지나친 노파심이 상대방을 지치게 만들 수 있다는 건 배려할 필요가 있습니다.

기본적으로 버고는 칭찬에 인색한 데다, 상대에 대한 기대를 높게 가지곤 합니다. 버고 아버지를 둔 친구가 있는데, 그 친구는 늘 그게 불만이더군요. 자신이 좋은 성적을 받아와도 칭찬을 받은 적은 한 번도 없고 늘 "다음에는 더 잘해라"라는 말만 들었다고요. 기대에 부응하려 아무리 노력해도 정신 차리고 보면 그 기대치가 한층 더 높아져 있어서 결코 만족시킬 수가 없었다고 합니다. 이런 채찍질은 현실에서 자신의 자식, 친구, 동반자를 성장하게 하는 원동력이 될 수도 있습니다.

하지만 사실 생각해보세요. 이를 위해 겪는 스트레스는 만만치 않겠죠. 사실 버고 아버지도 내심은 자랑스러워했을지 모르나, 표현하지 않으면 아무 소용 없잖아요. 일부 버고는 자신의 가족 일원이 남에게 폐를 끼치면 어쩌나 하는 생각을 가지고 있습니다. 그럴 경우 가족들이 항상 심리적으로 경직된 상태로 사회생활을 할 수도 있습니다. 어느 정도 거리가 있는 사람에게는 항상 예의 바르고 친절한 버고이기 때문에, 가까운 이들에게 오히려 더 냉정한 사람으로 비쳐지겠지요. 그러니 버고는 가까운 사람들일수록 서로 격려와 칭찬이 필요하다는 것을 기억할 필요가 있습니다.

회의 시간에 멋진 계획안을 내놓고 의기양양해하는 건 주로 에리즈나 세지테리어스, 어퀘리어스입니다. 거기에 찬사를 보내고 용기를 주기보다는 그 계획이 가진 리스크를 먼저 생각하고 불안요소에 대해 조목조목 따지고 드는 버고를 만나면 좌절감이 들겠죠. 사실 표면적으로 멋있어 보이는 사람은 큰 꿈을 제시하고, 신나는 이야기를 하는 진취적인 별자리들입니다. 대표적으로 불의 성향을 지닌 별자리들이죠. 반면 버고는 불이 활활 타오르는 별자리가 아닙니다. 화려하지도 않습니다.

하지만 생각해보세요. 우리가 겪을 수 있는 문제나 난관에 대해서 아무도 생각하지 않는다면 과연 세상이 잘 굴러갈 수 있을까요? 때로 무모한 사람들에게 적절한 브레이크를 걸어주고 현실적인 방안들을 내놓는 사람이 필요하지 않나요? 버고의 완벽주의와 진취적 성향의 별자리가 지닌 모험심이 적절히 조화를 이뤄야 세상이 잘 돌아간다는 이야기입니다.

버고의 완벽성이 아직은 두리뭉실한 꿈, 목표를 이루기 위한 구체적인 방법들을 제시해줍니다. 물론 이게 지나치면 '이거 말고 병'이 됩니다. 늘 '이거 말고'라고 말하며 좀더 잘할 수 있지 않느냐며 끊임없이 이의를 제기하는 버고로 인해, 도리어 일이 전혀 진행되지 못하는 모습을 보고 지어낸 병명입니다.

분리수거도 잘하고 규칙을 준수하며 약속을 중시하는 버고는 그러나 다른 별자리 중에는 자연스러움과 변칙을 사랑하는 별자리도 있으니 그들과 어울리는 데 있어, 아니 스스로의 심리적 안정을 위해서도 조금은 헐렁해지는 것을 배울 필요가 있습니다.

건강, 운동, 청결

육체적인 건강도 버고의 상징입니다. 버고가 비만으로 고생을 하는 경우는 거의 없습니다. 특히 남자라면 몸을 단련하고 근육을 키우는 데 신경 쓰는 사람이 많습니다. 단지 멋있게 보이기 위해서, 이성한테 매력적으로 보이기 위해서가 아닙니다. 가장 효율적인 상태의 몸, 건강한 몸을 갖기 위해서죠. 그래야만 무엇을 하든지 불편함이나 제약 없이 활동할 수 있으니까요.

썬 싸인이 버고이거나 주변 싸인인 리오와 리브라 중에서도 버고 성질의 영향을 받아 이런 성격을 가진 사람들이 종종 눈에 띕니다. 그런 탓에 학교에서 일찍부터 스포츠 꿈나무로 키워지는 경우가 많습니다. 어릴 때 운동 하나 정도 전문적으로 해보지 않은 버고가 없을 정도입니다. 연예인 중에 현영, 구준엽 등이 버고이고 '몸짱 아줌마'도 버고입니다. 몸의 모든 부분에 대해서 알아보고 실험해보는 것이 버고의 임무처럼 보일 때도 있습니다.

버고는 운동만이 아니라 약에도 관심이 많고, 새로운 건강 정보에 아주 민감하죠. 후배의 어머니가 버고인데, 온갖 민간요법과 건강 보조 식품의 여왕입니다. TV에서 건강과 관련된 방송이 나오고 새로운 정보를 알려주면 꼭 시도해봅니다. 버고 친구가 미국에 출장 다녀오는 길에 비타민을 잔뜩 사와서 친한 친구들에게 선물하는 것도 봤습니다. 버고에게 비타민을 챙겨먹는지 한번 물어보세요.

청결에 대한 문제도 버고를 따라갈 사람이 없습니다. 작은 먼지와 머리카락에도 민감하며, 물건들이 가지런히 정리된 것을 좋아합니다. 버고 디자이너 앙드레 김은 흰색 옷만 고집하며 매너와 정숙함을 강조하는 말투로 유명하죠. 그 말투가 지나쳐서 오히려 코미디의 소재가 되어버렸죠. 팝스타 마이클 잭슨도 버고인데 무균실 방에서 잠을 자고 외출할 때는 마스크를 쓰길 좋아합니다. 검은색과 흰색의 조화를 이룬 의상을 좋아하고요. 지나친 성형수술도 버고의 성향이 극단적이 되어 나타난 것입니다. 하지만 버고의 건강 염려증이 지나쳐서, 또한 완벽주의 성향이 지나쳐서 오히려 건강을 해치는 경우도 있습니다. 스트레스와 관련된 병, 역류성 식도염, 과민성 대장 증후군 같은 증세는 버고 성향의 병입니다.

여기까지 들어보니 아주 모범적이고 엄격한 선생님의 이미지가 떠오르지 않나요? 아니면 각 잡힌 군인은 어떤가요. 역시 버고 중에는 교사가 많습니다. 또는 전문비서, 매니저, 간호사, 회계사, 공무원, 은행원 등이 정확하고 세심한 버고와 잘 맞습니다.

그런데 버고라 해서 꼭 청결하고 편집증적인 사람만 있는 것은 아닙니다. 아주 극단적으로 반대의 성향을 지닌 버고들이 있거든요. 잘 씻지도 않고 자유분방하며 반대편 싸인 파이시즈처럼 사는 기인들도 있습니다. 전인권, 이외수 같은 분들이 이런 케이스죠. 그리고 보통 버고는 글씨를 아주 잘 쓰지만, 정반대로 굉장한 악필도 버고 중에서 발견됩니다. 자기 자신도 알아보지 못할 정도로 악필이었다는 러시아 소설가 톨스토이 역시 버고입니다. 그의 원고는 아내만 알아볼 수 있어서, 아내가 다시 옮겨 적어야만 출판사에 보낼 수 있었다고 하죠.

버고는 판단, 분별, 타인을 분석하는 태도를 조금 누그러뜨리는 것이 삶을 윤택하게 만드는 지름길일 것입니다. 그러면 다른 사람을 돕고 사회에 기여하고자 하는 자신의 바람, 인생의 목표를 더 잘 수행할 수 있겠지요. 타인을 위해 끊임없이 도울 거리를 찾는 사람, 언제나 청결하며 예의 바르고 정직하려고 노력하는 버고. 당신이 이렇게 믿음직한 친구와 인생의 길을 걸으며, 믿음직한 조언들에 귀 기울여보세요. 인생의 많은 위험 요소를 줄이며 함께 탄탄한 길을 걸어갈 수 있는 소중한 관계가 되지 않을까요?

버고가 잘하는 것과 못하는 것

* Pros 뛰어난 분석력. 남들은 지나치기 쉬운 세밀한 부분도 잡아내는 사고력. 버고는 아직 직접 경험해보지 않은 일에 대해서도 시뮬레이션을 돌리며 논리적인 과정을 찾는다.

근면 성실하고 주어진 책임을 다해서, 버고에게 일을 맡긴다면 '대박'은 아니더라도 적어도 평균 이상의 결과를 기대할 수 있다. 가까운 사람이 도움이 필요하다면 귀찮아하지 않고 달려간다. 언제나 최선을 다하며 좀처럼 게으름 피우지 않는다.

뛰어난 논리력과 치밀한 분석력을 갖추었기 때문에, 회사 생활을 할 때 주위 사람들한테 업무에서 신뢰받을 수 있다. 상사에게 업무적인 요구를 할 때나 프레젠테이션 같은, 다른 사람을 설득해야 하는 상황에서도 설득력 있게 접근할 수 있다.

*Cons 무언가를 이루기 위해 노력하는 것은 좋은데 스스로를 너무 몰아가는 경향이 있다. 힘든 과정은 참고 견뎌야 하는 것이라고. 하지만 이건 사실 효과적인 방법이 아니다. 스트레스를 받으면서 가장 효율적인 퍼포먼스를 기대할 수는 없기 때문이다.

버고는 '해내야 한다'고 생각하는 것 앞에서 사실 그리 이성적이거나 영리하지 못하다. 미련하기까지 하다. 이럴 때 스트레스는 견뎌야 하는 대상이 아니라 하루라도 빨리 없애야 하는 것이라는 생각의 전환이 필요하다.

'열심히 일한 당신 떠나라'는 CF처럼, 때로는 자신을 가두고 있는 '해야 할' 일에서 벗어나 몸과 마음을 온전히 비우는 여백의 미가 필요하다. 세상 모든 일이란 내가 계획한다고 그대로 흘러가지 않는 법. 내 계획대로 되지 않았을 때, 그 결과를 편안하게 받아들일 줄 아는 여유를 가져라. 자신이 스스로 가두고 있는 율법의 세상에서 깨어난다면, 자신도 주변 사람들도 훨씬 편안해질 것이다.

버고의 대인관계에 대한 조언

✱ 친구가 버고라면 하던 공부나 일을 포기하고 갑자기 다른 분야에 뛰어든다거나 멀리 유학을 떠난다는 이야기처럼, 갑자기 급진적인 이야기를 던져서 버고를 걱정시키지 않는 편이 낫다. 대개의 비고는 예상되는 세부사항들에 대해서도 고려해봤는지 '잔소리'를 하기 시작할 것이다. 아직 막연한 꿈이고 차차 해나갈 거라고 해도 버고는 진심으로 자신의 일처럼 걱정하는 경우가 많다. 그러다 보면 둘 다 피곤해지기 일쑤다.

특히 버고 친구에게도 영향을 미치는 일에 대해서는 마냥 '잘될 거야'라거나 '나만 믿어'같은 낙관주의자의 태도로 일관해서는 대화를 이끌어가기 어렵다. 버고와 시간 약속을 했다면 늦지 않도록 두 배 노력하는 것이 좋다. 사소한 일로도 버고는 실망하고, 상처받을 수 있다는 것 역시 생각하자.

* 당신이 버고라면 스스로에게나 주변 사람에게 너무 완벽한 사고방식과 행동을 요구해 오히려 스트레스를 쌓는 일은 하지 말자. 일단 스스로가 걱정이 많은 타입이라는 것을 항상 전제에 두고 생활하는 것이 어떨까. 어떤 일에 대해 걱정이 솟아나고 문제점을 마구 분석하게 될 때 심호흡을 한 번 해주는 거다. 자신이 원하는 만큼 모든 세부사항을 완벽하게 챙기지 않아도 세상은 문제 없이 돌아간다는 것을 생각하자.

상대방이 도움을 원하지 않을 때는 내버려둘 필요도 있다는 것을, 남의 인생을 내가 살아주는 게 아니라는 것도 생각하자. 남에게 너무 엄격한 경향이 있다는 것을 생각하며, 좀더 부드러운 마음을 갖기 위한 명상을 해보는 건 어떨까. 그리고 매일 얼굴을 보는 주변 사람들에게 하루 한 번씩 기분 좋은 말, 칭찬 한마디 건네는 연습도 하면 금상첨화다.

버고의 사랑에 대한 조언

＊그녀가 버고라면 평소에 실수 잘 안 하고 빈틈이 없는 버고 그녀는 당신이 조금이라도 허튼행동을 보이거나 하면 못마땅해 따지고 들 수 있다. 그렇다고 그녀에게 "왜 이렇게 피곤하게 굴어?" 하는 대사를 해서는 안 된다. 이 대사는 버고 그녀뿐만 아니라 그 어떤 여성도 상처받을 말이다.

완벽을 추구하고 효율을 따지는 버고 그녀는 풀이 나는 땅에 대해서는 마음을 놓지만, 노는 땅에 대해서는 불안해한다. 당신한테 허점이나 빈틈이 있을 때는 그런 불안한 마음에 이야기를 하는 것이다.

이런 그녀를 위해 당신이 해야 할 일은 '쓸모없는 땅에 대한 가치'와 '여백의 미'를 알게 해주는 것. 이 세상은 완벽하지 않고, 불확실한 미래를 사는 우리의 가장 큰 선물은 '꿈'이라는 것을 알려주어라. 버고 그녀의 마음을 촉촉하게 적셔주는 것보다 더 멋진 선물은 없을 것이다. 무엇보다 생활력 강하고 허튼소리 안 하는 버고 그녀의 말을 흘려듣지 않고 명심하는 것도 약이 된다는 것을 잊지 마라.

✱그가 버고라면 버고 그는 생활력 강하고 깔끔하고 꼼꼼한 사람이다. 안 씻어서 걱정할 필요 없고 집안 어지른다고 잔소리할 필요 없는 사람이다. 생활에서도 흐트러짐이 없는 반듯한 사람이다. 당신이 이런 버고 그와 같은 성향이라면 트러블이 적겠지만, 반대 성향의 사람이라면 버고 그한테서 끊임없이 잔소리를 들을 것이다. 그때는 사람은 누구나 자신의 모자라는 점을 채워줄 수 있는 사람과 관계를 맺는 게 도움이 된다는 사실을 잊지 말길.

버고 그는 다른 사람에 대한 헌신과 봉사정신이 강해, 때로 당신보다 다른 사람들을 더 챙겨 당신을 서운하게 할수도 있다. 당신과 다른 모르는 여자가 무거운 가방을 함께 들고 있다면, 당신의 가방보다 낯 모르는 여자의 가방을 먼저 들어줄 수도 있다. 당신은 자기 사람이라 봉사가 아니니까. 이때는 봉사도 좋지만 '당신이 우선'이라는 것을 분명하게 인지시켜라. 버고 그는 자신은 할 일을 했을 뿐이므로 말하지 않으면 모른다.

이런 버고 그가 가장 좋아하는 말은 "얼마 전에 태안 가서 기름때 닦았어요." "매월 통장에서 자동이체로 자선단체 기부금이 빠져나가요"라는 것.

Libra

·

천칭자리
9월 23일~10월 22일

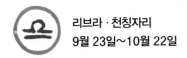

리브라 · 천칭자리
9월 23일~10월 22일

균형 잡힌 '관계', 우아한 평화주의자

리브라는 모든 면에서 균형 잡기를 원하는 우아한 평화주의자
입니다. 제머나이, 어퀘어리어스와 함께 리브라도 공기 성향의
별자리라서 커뮤니케이션을 특히 중요하게 여기는 사람들입니
다. 그런데 이들 중에서도 리브라가 원하는 커뮤니케이션의 특
징은 일 대 일로 만나 균형 잡힌 대화를 하는 것이죠.

리브라에게 커뮤니케이션은 단지 개인의 차원에서 만족을
얻기 위해서가 아니라 사회의 한 구성원으로서 자리잡기 위해
이루어집니다. 이게 좀 어려운 말이라면 이렇게 생각하면 쉬워
요. 한 마디로 이들에게는 '인간관계'가 가장 중요합니다. 그래
서 커뮤니케이션도 이를 위해 이루어지는 것이지요. 에리즈로

부터 시작해 리오까지 6개 별자리는 개인의 성격을 형성하는 데 집중하는 이들인 데 반해, 리브라부터 시작해 이후의 6개 별자리는 사회를 구성하는 데 집중하는 사람들이거든요. 이런 변화가 시작되는 첫 번째 별자리인 리브라는 그래서 더욱 나보다 우리, 즉 '관계'에 힘을 쏟는 성향을 뚜렷하게 보여줍니다. 자연스럽게 누군가와 대화하는 것을 좋아하며, 항상 상대방에게 부드럽게 맞춰주는 배려심을 보여주곤 합니다.

다른 사람을 배려하고 잘 지내려는 노력은 물론 좋은 것이지요. 이런 리브라의 성향이 없다면 저마다 자기가 원하는 것만 말하고, 자기가 원하는 것만 하려는 이기적인 사람들로 가득차 버리지 않겠어요? 하지만 때로 리브라의 이런 성격이 지나치면 리브라 자신에게 그리 이롭지 못한 결과를 가져오기도 합니다. 내가 원하는 건 잘 주장하지 못하고 다른 사람에게 너무 맞춰주다 보면 피곤해질 수 있다는 것이죠.

그러니까 리브라에게는 '나'라는 중심을 지키면서 다른 사람을 배려하는 균형 잡기가 중요해집니다. 물론 모든 별자리가 첫 번째로 염두에 두어야 하는 것은 자기 자신의 중심을 지키는 것이지만, 리브라의 경우 유난히 다른 사람과 잘 지내려는 성격이 강하다 보니 상대하는 사람에 따라 이리저리 휘둘릴 수도 있다는 것이지요. 특히 항상 남에게 뭔가를 강하게 요구하는 친구, 서로 사이좋게 좋은 에너지를 나누기보다는 부정적인 에너지로 남에게 기대는 친구와 가까워지는 리브라는 버팀목 역할을 해 주다가 지쳐 나가떨어지는 사태가 발생할 수도 있어요.

부드럽고 우아한 리브라는 누가 봐도 양반 같은 풍모를 지니고 있습니다. 한마디로 둥글둥글한 외모와 행동거지를 보여 줍니다. 토러스와 함께 금성을 수호 행성으로 삼는, 리브라도 역시 잘생긴 사람들입니다. 모든 리브라가 눈에 띄는 미남 미녀라는 것이 아니라, 균형 잡힌 생김새를 가져 호감을 주는 사람들이라는 뜻이지요. 배우 김명민, 심은하와 이미연이 리브라입니다. 일 년을 48주간으로 나누는 별자리 해석에서 리브라 주간 중에는 아름다움이 키워드인 '뷰티' 주간도 있습니다.

리브라는 모든 면에서 균형을 잡습니다. 물건을 정돈할 때에도 균형과 대칭을 중시하고 밥을 먹을 때에도 하나를 고르는 것을 어려워하죠. 대화 중에도 항상 균형을 잡고 싶어 해서 상대방이 극단적이거나 급진적인 이야기를 꺼내면 단박에 동의하고 휘말리는 일은 거의 없습니다. '그럴 수도 있지만, 이렇게 생각할 수도 있다'라고 일단 결론을 유보해놓고 오래 생각하는 경향이 있습니다. 그러니까 리브라가 선동가가 되거나, 선동가에게 휩쓸리는 경우는 드물겠죠.

일의 진행도 되도록 느리고 신중하게 진행되길 원하기 때문에 일을 다음 주, 다음 주로 미루는 경향을 보이기도 합니다. 인간관계에 있어서도 오래 생각하는 경향이 있다 보니 가끔은 상대방을 속 터지게 만들기도 하죠. 성격 급한 사람이라면 리브라가 애매하게 군다고 화를 낼지도 모릅니다. 예를 들어, 리브라 남자가 분명 어떤 여자에게 호감을 보이더라도 확실하게 다가오기까지 시간이 걸리기 때문에, 여자 입장에서는 혼란을 겪을 수도 있습니다. 회의 중에 쉽게 결론을 못 내리고 자꾸 뒤로 미루는 바람에 자칫하면 우유부단하다는 소리를 듣는 리브라에게 화끈하고 진취적인 에리즈는 배울 만한 점이 있는 180도 관계의 싸인입니다.

잠, 우아한 목소리

세상 모든 일의 조화와 균형을 생각하고 심지어 세계 평화까지 생각하다 보니 리브라의 특징 중 단연 돋보이는 것은 잠입니다. 리브라에게 잠은 보약이며, 잠든 리브라를 깨우는 것은 매우 어렵습니다. 잠이 많은 데다 둥글둥글한 외모를 갖고 있으니, 이들은 코알라나 나무늘보가 아닐까 하는 생각도 듭니다. 하지만 리브라는 매일 잠을 규칙적으로 많이 자는 것이 아니라, 몇 날을 잠을 안 자고 일하다가 며칠 동안 몰아서 잠을 자는 경우가 더 많습니다. 이럴 경우 건강을 보장할 수 없겠죠. 리브라는 정확한 시간을 정해 적당한 잠을 임금님처럼 정중하게 자는 것이 건강에 좋습니다.

또 하나 리브라의 두드러지는 특징은 지적이고 우아한 목소리입니다. 성우 같은 목소리, 또는 '라디오 목소리'라고 할 만한 성량 풍부한 목소리를 갖고 있죠. 코에서 울리는 소리도 강합니다. 그리고 이들은 매우 과묵한 모습과 수다스러운 모습을 둘 다 갖고 있습니다. 자리에 따라, 상대에 따라 다른데, 본질적으로 리브라는 대개 말이 많은 사람들입니다. 친한 리브라가 있다면 생각해보세요. 처음에 서먹할 때는 과묵한 편이었는데, 이제는 누구보다도 말하길 좋아하는 게 바로 리브라 친구일 겁니다. 중간이 없지요.

한편으로 생각하면 리브라는 처음부터 균형 잡힌 사람들이 아니라, 균형이 심각하게 깨어진 상태가 아닐까 생각하게 됩니다. 그래서 끊임없이 균형을 잡으려고 애쓰는 것이 아닐까요. 리브라가 자신의 견해를 바꾼다는 것은 정말 어려운 일입니다. 워낙 균형 잡기까지도 오래 걸리는데, 일단 이미 균형을 잡아놓은 저울의 한쪽 끝에 새털이라도 올라가는 것을 두려워하는 것처럼 보이죠.

리브라 앞에서 공연히 터프한 척하거나 힘센 사람인 척하는 것은 결코 좋은 인상을 줄 수 없다는 것을 기억해두세요. 우아하고 평화로운 삶을 추구하는 리브라에게 이런 사람은 인정받기 힘들겠죠. 대부분의 리브라들은 피가 튀고 폭력이 난무하는 영화 같은 것은 보지 않습니다. 끔찍하게 피 튀기는 이야기를 하면 얼굴을 찌푸리곤 하죠. 보통 남자들이 개의치 않는, 징그럽고 잔인한 이야기를 끔찍해하는 남자를 본다면, 만일 그가 둥글둥글한 외모와 성우 같은 낮은 목소리를 가졌다면, 한번 물어보세요. 리브라일 가능성이 매우 큽니다.

간디와 존 레넌, 외교, 마주 보는 운동

평화를 사랑하고 부드럽고 균형 잡힌 삶을 추구하는 리브라. 비폭력 무저항주의자 간디도 리브라입니다. 가끔 어스트랄러지들은 농담 삼아 이런 이야기를 합니다. 싸우는 것도 싫고 졸립기도 한 리브라가 무슨 투쟁을 할까? 비폭력 무저항을 할 수 밖에. 비틀즈의 존 레넌도 리브라입니다. 존 레넌의 노래 <이매진 (Imagine)>의 가사를 보면 리브라가 원하는 국경도 없고 인종도 없고 민족도 없는 아름다운 평화의 세상이 잘 표현되어 있죠. 존 레넌이 오노 요코와 함께했던 '침대 시위'처럼 평화를 요구하는 행동, 퍼포먼스들도 기억해보세요. 두 사람 모두 동그랗고 균형 잡힌 안경을 썼다는 것도 재미있죠. 역시 리브라인 제시 잭슨 목사도 뮤지션들을 모아 세계 평화를 위한 콘서트를 열기도 했고, 노벨 평화상 후보에 올랐던 뮤지션 밥 겔도프도 리브라입니다. 퇴임 후 세계 평화를 위해 동분서주한 미국의 전 대통령 지미 카터도 리브라입니다.

평화를 사랑하고 균형을 중시하며 공기 성향 별자리답게 언어에 강한 리브라가 가장 두각을 나타내는 분야는, 역시 외교 분야입니다. 국제적 협상 테이블에서는 결정이 빨리 나는 법이 없죠. 생각해야 할 것도 많고 지나치게 자국의 주장만 내세워서는 국제관계가 원활하지 못하게 되니까요. 이런 것이 바로 리브라의 에너지입니다. 또한 리브라들이 많이 있는 곳은 연극계입니다. 관객들과의 일 대 일 호흡을 즐기는 연극무대는 리브라들을 기쁘게 합니다.

리브라는 마주 보고 함께할 수 있는 짝이 있어야 합니다. 오랫동안 혼자 있는 리브라는 상상할 수 없습니다. 리브라가 좋아하는 운동은 탁구, 배트민턴, 테니스입니다. 모두 서로 마주 보며 사이 좋게 주거니 받거니 하는 운동이죠. 그리고 몸도 자꾸만 균형을 잡을 필요를 느끼는지 살이 붙기 쉬운데 브라질의 축구 선수 호나우두가 몸이 자꾸 불어서 비판을 받았던 것은 리브라라는 것을 알면 쉽게 욕할 문제가 아니겠구나 생각하게 되죠. 그래도 균형을 잘 잡아 그렇게 골을 잘 넣는 게 아니겠습니까. 하지만 토러스와 함께 리브라가 평생을 두고 꾸준히 운동을 해야만 하는 싸인인 것만큼은 확실합니다. 그렇다고 몸을 혹사시키거나 몸짱이 되기 위한 운동을 하라는 이야기는 아닙니다. 가만히 있으면 금방 살이 찌는 별자리니까 살살, 꾸준히 관리를 해주라는 거지요.

우아하고 사랑스러운 목소리, 여유롭고 평화로우며 조용한 성품의 리브라 친구를 만나면 대화가 절로 즐거워질 겁니다. 그리고 마음이 편안해지는 것을 느낄 겁니다.

리브라가 잘하는 것과 못하는 것

* Pros 리브라는 좌중을 사로잡는 언변을 가졌거나 모임에서 튀는 사람들이 아니다. 하지만 이들과 함께 있으면 안정되고 균형 잡힌 대화가 이루어지고 모임이 문제 없이 굴러가는 것을 느끼게 된다.

리브라는 한 커뮤니티의 리더, 사람들을 이끌고 결정을 내리는 사람이 되기보다 그 뒤에서 조용하게 뒷받침해주는 조력자가 되곤 한다. 그리고 만일 한 사람이 극단적인 견해를 내세우거나 한쪽에 치우친 의견을 피력할 때, 이런 이야기를 듣는 리브라는 문제를 다른 관점에서 생각해볼 수 있는 단초를 제시하곤 한다. 이런 성격 덕분에 리브라는 외교력이 뛰어난 사람들이다.

*Cons 리브라의 가장 큰 약점은 우유부단함으로 나타난다. 이 사람과의 관계를 어떻게 할까, 이 일을 할까 말까, 라는 등의 고민을 두고 너무 오래 생각한다 해서 꼭 최선의 답이 나오는 게 아니다.

또 한 가지 약점은 리브라가 지나치게 거절을 못한다는 점이다. 그런데 이게 단지 마음이 약하거나 착해서이기보다는 남에게 싫은 소리를 해서 관계가 잘못되는 것을 지나치게 두려워하기 때문이다. 'No'라고 말했을 때 그 순간 서로 관계가 어색해지는 것을 견디지 못해서 어정쩡하게 맘에도 없이 고개를 끄덕이고 만다.

그러면 스스로를 괴롭히면서 그것을 지키려고 하거나, 아니면 일단 그 자리만 모면한 뒤에 숨어버리기도 한다. 그러니까 리브라 친구들은 기억해둬야 한다. 세상 모든 사람과 잘 지낼 수는 없다. 항상 웃는 얼굴로만 인간관계가 이루어질 수도 없으며, 때로는 상대방이 원하지 않는 말도 해야 한다. 그러니까, '잘' 거절하는 방법을 익히는 것이 필요하다는 이야기다.

리브라의 대인관계에 대한 조언

✳친구가 리브라라면 당신이 어려움에 처해서 흔들릴 때 든든하게 잡아주는 좋은 친구가 되어줄 거다. 당신이 결정을 내리는데 '이렇게 해'라고 결정적인 조언을 하지는 않지만, 고려해야 할 모든 경우의 수를 되짚어보도록 손을 잡아주는 친구가 된다. 우리가 어떤 문제를 마주했을 때면 답답한 마음을 털어놓을 수만 있어도 짐이 한결 덜어지고, 문제를 똑바로 볼 수 있는 평정을 되찾게 되지 않나. 그럴 때 바로 리브라 친구는 당신의 이야기를 들어줄 좋은 상대다.

하지만 때론 리브라를 보면서 답답하게 느낄지도 모른다. 사실 리브라가 단짝 친구거나 연인이라면 자주 그럴 수 있다. 왜 이 사람은 이렇게 결정을 못 내리지, 하는 성질 급한 마음이 일어나더라도 리브라를 다그치지는 말자. 예를 들어 새로 시작하는 연인 사이에서 기다리고 있는데도 리브라가 아무 결정을 내리지 않는다면 그냥 마음을 접는 편이 당신의 정신 건강에 이로울 수 있다. 리브라는 결국 끝없이 결정을 미룰 가능성이 크기 때문이다.

*당신이 리브라라면 지나치게 극단적인 사람에게 끌리는 마음이 생길 때 주의하는 것이 낫다. 균형 잡고 싶어 하는 리브라 성향은 뭔가 큰 트라우마를 갖고 그것을 비틀어진 모습으로 표현하는 사람을 피하고 싶어 하거나 심각하게 끌리거나, 둘 중 하나로 나타난다. 두 번째 경우에 그리 강하지 못한 리브라라면 상대방의 행동 패턴에 휩쓸릴 수 있고, 이는 리브라 자신이 안정을 지키는 데 방해가 된다.

또한 자신이 자주 결정을 못 내리고 어쩔 줄 몰라 하는 것을 직시할 필요가 있다. 그럴 때는 에리즈처럼 화끈하게 자신의 주장을 내세우고 처음에 마음 끌리는 대로 행동해 버려도 된다. '내가 이렇게 행동하면 지나친 게 아닐까, 너무 섣부른 결정이 아닐까'라고 고민하지 않아도 된다. 안 그래도 워낙 신중한 사람이니, 리브라가 안정을 깨는 급진적인 행동을 할 가능성은 거의 없다고, 스스로를 믿어도 된다는 이야기다.

리브라의 사랑에 대한 조언

*그녀가 리브라라면 리브라 그녀는 외롭다. 당신이 있으면 당신의 반대편에서 그녀의 마음을 저울질하고 있는 사람이 또 있어, 마음을 쉽게 정하지 못하기 때문이다. 와인과 레스토랑, 클래식, 발레, 연극 같은 심미안적인 것을 좋아하는 리브라 그녀. 내가 이만큼 다가갔다고 생각하면 그녀는 저만치 달아난다. 리브라 그녀와 이런 피상적인 만남을 계속 하다가는 당신 속이 새까맣게 타들어갈 수도 있다.

우아하고 관계의 균형을 잘 잡는 리브라 그녀는 곱게 자라 배려심이 많은 사람일지도 모른다. 하지만 이런 그녀와 앞으로 더욱 발전적인 관계를 유지하려면, 당신이 칼을 뽑아 들어 그녀의 균형을 깨뜨려야 한다. 그녀의 친구들이나 그녀와 친한 사람들한테, 그녀의 이런 속성에 대해 불만을 토로해 그녀 귀에 들어가게 해보라. 아니면 아예 대 놓고 그녀에게 얘기해보라. 그녀는 더 이상 미루지 못하고 어떤 식으로든 결정을 내릴 것이다.

*그가 리브라라면 리브라의 그는 여자가 봤을 때 좋게 말하면 엄친아, 나쁘게 말하면 우유부단한 사람들이다. 이런 리브라 그는 가벼운 만남을 부담없이 심미적으로 이끌어가는 데는 귀재다. 이야기를 좋아하고 세련된 매너를 보여주기 때문에 여자들은 쉽게 빠진다. 하지만 리브라 그는 관계를 계속 조율해, 리브라 그의 늪에 빠진 당신만 허우적대는 꼴이 될 수도 있다. 한마디로 손에 잡힐 것 같지만, 손에 잡히지 않는 상대가 될 수 있다.

이런 리브라와 만남을 계속 유지하려면 우선은 그의 보조에 맞춰 한 발 다가갔다가 물러났다 하면서 심호흡을 조절할 필요가 있다. 아니면 그의 눈에서 한 발짝 한 발짝 계속 멀어지면서 그를 계속 끌어오는 것도 한 방법이다. 이때 명심해야 할 것은 리브라 그는 터프한 여성보다는 하프를 켜는 음대생이나 교양 있게 행동하는 우아한 여성을 좋아한다는 사실.

관계의 조율사인 리브라 그를 자기 사람으로 만든다면 당신은 어떤 관계도 성공적으로 이끌 수 있을 것이다. 당장 내 사람으로 넘어오지 않는다고 조바심 내지 말고, 밀고 땅기는 관계의 조율을 즐겨보라.

Scorpio

·

전갈자리
10월 23일~11월 21일

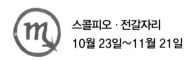

스콜피오 · 전갈자리
10월 23일~11월 21일

비밀스러운 카리스마의 좌

비밀스러운 눈빛으로 세상을 통찰하는 카리스마 가득한 별자리, 바로 스콜피오입니다. 짙은 코발트빛으로 빛나는, 깊고 고요한 호수 앞에 섰을 때를 상상해보세요. 계절은 햇볕 따사롭지만 바람이 서늘해져 낙엽을 떨구는 가을이 한창입니다. 차가운 물속에 무엇이 있을지, 네스 호처럼 괴물이라도 살고 있을지 알 수 없어 쉽게 발을 들여놓기에는 조금 두려운 마음이 일어납니다. 하지만 무언가 좋은 게 있을지 모른다는, 그 안에서 수영을 하면 기분이 좋을 것만 같다는 호기심도 일어납니다. 얼마나 깊을지 가늠할 수 없는 짙은 빛깔의 호수처럼, 스콜피오는 어딘지 모를 매력을 갖고 있는 사람들입니다. 지적이고 매력적인 이들이기 때문에 가만히 있어도 주변에 사람들이 모이는 경우를 많이 보았습니다.

태양의 위치가 그러하건, 다른 중요한 자리에 스콜피오가 있건, 스콜피오 성향이 강한 사람을 가장 쉽게 알아보는 표지는 바로 눈입니다. 유난히 강한 눈, 눈꼬리는 좀 올라가고 검은 눈동자가 크다거나, 상대방을 꿰뚫을 듯한 눈빛을 갖고 있거든요. 눈빛이 강렬하고 깊어서 상대방을 바라볼 때 양미간을 통과해 등 뒤 벽을 본다는 인상을 주기도 합니다. 그러니 이런 스콜피오의 '눈빛 공격'을 받으면 사람들은 덜컥 간파당한 것 같아 당황스러운 기분을 느끼거나 내가 뭔가를 잘못한 건가 하는 흔들림을 느끼곤 하죠.

오래전에 스콜피오는 피닉스, 즉 불사조 자리라 불렸습니다. 그 뒤엔 독수리 자리였고, 지금은 전갈인 스콜피오가 되었지요. 사실은 피닉스가 이들에게 더 어울리는 상징이지만, 하여간 이 세 가지 상징은 모두 강렬함과 깊은 통찰력을 표현하고 있습니다. 피닉스가 갖고 있는 불, 모든 한계와 경계, 인간이 가진 통념이나 형식 따위들도 태우고 새로운 것을 창조하고자 하는 불이 스콜피오가 가진 에너지의 중심입니다.

스콜피오는 불, 흙, 공기, 물의 요소 중에서 물의 싸인에 해당하지만, 사실은 그냥 물이 아닌 제5원소라고 말하기도 합니다. 보드카나 바카디, 중국집의 빼갈 같은 독주라고 하죠. 이런 술을 마시면 식도가 타들어가는 것만 같죠. 이런 성질은 스콜피오의 수호 행성인 명왕성과 함께 생각하면 이해하기 쉽습니다. 얼마 전 태양계 행성의 위치에서 퇴출당한 별, 하지만 여전히 태양계의 가장 바깥 궤도를 돌고 있는 명왕성은 죽음, 재생, 부활을 상징합니다. 가장 멀리 있기 때문에 태양계 안에서 인간이 가장 파악하기 어려운 별, 어둠 속에 있는 별이죠. 궤도가 불규칙 하고 관측이 어려워서, 도대체 이걸 행성이라 해야 하는지 말아야 하는지에 대해서도 인간은 헷갈리고 있잖아요.

수다스럽게 떠드는 것을 좋아하지 않으며 자신을 잘 드러내지 않는 스콜피오는 흔히 어둡고 비밀스러운 별자리로 여겨지곤 합니다. 스콜피오는 결코 밝고 명랑한 성질과는 거리가 먼 별자리지만, 마냥 부정적인 이미지로 몰아간다면 지나친 오해입니다. 일단은 스콜피오가 태어난 계절을 생각해보면 이들의 분위기를 어느 정도 상상할 수 있습니다. 아직은 여름의 온기가 남아 있는 초가을, 리브라의 계절에 비해 10월 말부터 11월은 본격적인 추위가 느껴지고 낙엽이 떨어지는 시기입니다. 생명의 활동에 브레이크가 걸리고, 자연의 움직임도, 사람의 마음도 움츠

러듭니다. 그러니 어느 정도 스콜피오에게서 한기가 느껴지는 것은 계절의 변화와 맞물리는 필연적인 특징입니다.

소울메이트를 찾기 위한 섹스, 본질을 꿰뚫는 능력

이들을 설명하는 키워드 중 하나는 섹스입니다. 그런데 섹스를 죄악으로 여기거나, 외설스럽다거나 숨겨야 할 것으로 여기는 사회적인 통념이 스콜피오를 이해하는 데 어두운 막을 덧씌우곤 하죠. 하지만 기억해야 할 게 있습니다. 스콜피오를 설명할 때 이야기하는 섹스는 단지 욕망을 채우기 위한 것이 아닙니다. 이는 개인의 차원을 초월하는 욕망을 표현합니다. 쉽게 말해, '소울메이트'를 찾고자 하는 강력한 욕구를 갖고 있다는 이야기죠. 나와 완전한 합일을 이루어 나도 너도 없는 상태, 나에 대한 집착을 버리게 되는 상태, 소울메이트는 로맨틱한 연인 관계나, 현실에서 안정감을 갖기 위해 서로 손 잡아주는 동반자와는 또 다른, 정신의 만족을 주는 동반자입니다. 이 욕구가 한 걸음 더 나아가면 소울메이트 차원도 넘어서고 지구의 경계도 넘어서서, 나보다 큰 무언가, 흔히 '신'이라고 말하는 전체로서의 의식에 합일하기 위한 노력이 됩니다. 이때부터는 상당히 종교적인 이야기죠.

스콜피오와 180도 맞은편에 있는 토러스는 생명이라면 무릇 갖고 있는 가장 기본적인 욕망, 짝을 짓고 후손을 남기려는 욕망을 표현하는 별자리입니다. 토러스의 계절인 5월에 본격적으로 꽃이 피어나 숲이 울창해지고 동물들은 짝짓기 계절에 들어가는 것을 생각해보세요. 그런데 조디악을 반 바퀴 돌아서 만나게 되는 스콜피오의 경우는 개인적이거나 물질적인 차원이 아닌, 사회적이며 영적인 차원에서의 섹스를 추구합니다. 성적인 즐거움, 자기 만족을 위한 섹스라면, 이는 물질적인 재생산을 위한 짝짓기인 섹스의 한 면만 아는 것입니다. 그렇다고 해서 스콜피오 말고 나머지 별자리는 물질적인 욕망을 채우기 위해서만 섹스를 한다고 오해하지는 마세요. 이는 스콜피오라는 별자리가 가진 이미지, 기본 성격을 설명하기 위한 키워드니까요. 여기서 기억해야 할 설명은 스콜피오는 사물의 겉모습 뒷면, 즉 본질에 대한 열망으로 가득한 별자리라는 것입니다.

이런 이미지에서 연상해보면 스콜피오가 기본적으로 비밀스러운 성격을 가졌다거나, 무언가를 알고자 할 때는 끝까지 파헤치고 파악하려 한다는 걸 이해하기 쉬울 겁니다. 한마디로 내 속마음을 잘 드러내지 않으면서 다른 사람의 속마음은 꿰뚫어 보려는 기질이 내재해 있습니다. 이건 꼭 인간관계에서만 그런 것이 아니라 일이나 공부를 할 때도 그렇습니다. 주변에 한 우물을 깊게 파는 친구, 어떤 일에 손을 댔다 하면 집중력이 높고 철저한 사람이 있지 않나요? 남들이 잘 파악하지 못하는 문제의 본질까지 파고 들어가길 좋아하며, 여기에 재능마저 갖춘 친구가 있지 않나요?

그래서 스콜피오는 분석력, 탐구력이 뛰어난 사람들입니다. 마치 탐정처럼요. <엑스파일>이나 <베로니카 마스> 같은 드라마를 연상해보세요. 비밀을 파헤치는 탐정이나 수사관들이죠. 탐정의 기본 미덕이란 자신의 감정이나 의도를 잘 드러내지 않는 포커페이스를 갖는 겁니다. 안 그래도 스콜피오에게 어울리는 직업은 비밀요원, 수사관, 금융권의 숨은 실력자입니다. 시선을 은밀히 감춰주는 짙은 선글라스, 검은색과 피빛 자주색, 벨벳은 스콜피오의 상징입니다. 말수 없고 단호하며 선글라스를 낀 모습이 트레이드 마크인 박정희 대통령 역시 스콜피오였죠.

세 단계의 스콜피오

스콜피오에는 세 가지 단계가 존재한다고 합니다. 1단계는 모든 상황에서 자기 뜻대로 다른 이를 컨트롤하고 싶어 하는 상태입니다. 이 경우 사람들이 자신의 의견을 따르지 않을 때 무척 괴로워할 수 있습니다. 2단계는 훌륭한 경쟁자를 만나 최고의 승부를 벌이고 싶어 하는 단계입니다. 1단계보다 성숙한 단계라고 할 수 있겠죠. "나는 언제나 배가 고프다"고 말했던 승부사 거스 히딩크 감독이나, 강자를 찾아 열도를 떠돌아 다니던 전설의 사무라이 미야모토 무사시가 이 경우 아닐까요. 3단계는 매우 영적인 스콜피오인데, 우주와 내가 하나가 되어 녹아 없어질 정도의 깊은 통찰을 원하는 단계입니다. 이들은 노련하고 철저한 교육자이며 스승이기도 해서, 이런 스콜피오 중에서 카리스마 있는 오컬트의 마스터가 나오게 되는 것이겠죠.

보통 스콜피오들은 강아지와 아이들을 싫어합니다. 말이 통하지도 않을뿐더러 컨트롤되지 않기 때문이지요. 얼마나 드러내느냐의 정도 차이는 있지만 스콜피오는 자신이 항상 상황을 컨트롤하고 싶어 합니다. 남에 대해서만 컨트롤하고 싶어 하는 게 아닙니다. 자신도 컨트롤하기 때문에 쉽게 술에 취한 모습, 흐트러진 모습을 보이지 않으려는 게 스콜피오들입니다. '가오' 떨어지는 짓 따위는 못하죠. 자신보다 강한 카리스마를 가진 리더에 대한 열망도 갖고 있지만, 웬만해서 성미에 차는 사람을 발견하기는 어려우니 대개 스콜피오는 자신이 주도적으로 상황과 사람들을 컨트롤하려고 합니다.

강아지와 아이들을 좋아하는 스콜피오가 있다면 그는 성숙한 스콜피오라 할 것입니다. 자라나는 아이들을 보살피고 후원해서 성장해 나아가는 모습을 보며 뿌듯해한다면 모든 상황을 자신이 컨트롤하겠다고 생각하는 1단계의 스콜피오에서 컨트롤 자체를 하늘과 아이 그리고 자기 자신 모두가 같이 꿈꾸고 성장해 나가는 것이라고 생각하는 3단계의 에너지로 바꾼 케이스라 할 것입니다. 스콜피오는 젊었을 때보다 나이를 어느 정도 먹었을 때, 적어도 2단계에 이르러서야 더 빛을 발하는 것 같습니다. 노련함이 깃든 스콜피오는 누가 봐도 거부할 수 없는 매력을 갖고 있죠.

스콜피오 사람들

거스 히딩크 감독은 스콜피오를 대표할 만한 인물입니다. 카리스마 있는 눈동자에 언제나 끝까지 숨 막히는 명승부를 만드는 승부사, 선수 전원과 언론을 컨트롤하는 능력, 치밀한 준비로 승리를 쟁취하는 최고의 전략가, 그리고 사생활 노출을 극히 꺼리는 성품까지 모든 면에서 스콜피오다운 삶을 연출하고 있습니다. 하지만 히딩크도 젊은 시절에는 거칠기만 한 비교적 무명에 가까운 선수였다고 하죠.

배우 레오나르도 디카프리오와 조디 포스터는 전형적인 스콜피오 얼굴을 하고 있습니다. 에단 호크, 정재영도 스콜피오인데, 이들은 강렬한 눈빛, 뾰족한 콧날, 날렵하게 빠진 턱선을 갖고 있죠. 스콜피오들은 또한 존경하지 않는 사람과는 어울리지 않으려 합니다. 그러다 보니 어린 사람보다 나이 많은 사람, 꼭 물리적인 나이가 아니어도 철 들고 어른스러운 사람과 어울리는 것을 좋아합니다. 자신의 짝을 고를 때는 더욱 이런 성격이 극단적으로 드러나는데, 디카프리오가 왜 그렇게 데미 무어나 샤론 스톤 같은 '누나'들과 어울렸는지 이해가 됩니다. 아예 오랫동안 혼자 지내는 경우도 많습니다. 적당히 마음에 드는 상대를 만나는 것은 스콜피오의 성미에 맞지 않지요. 또는 조디 포스터처럼 헐리우드의 톱 스타이면서도 사생활이 거의 드러나지 않는 건 아주 어려운 일이죠. 그녀는 아이를 낳았지만 도대체 누구를 만나왔으며 어떻게 아이를 갖게 되었는지 거의 알려지지 않았습니다.

한 놈만 팬다, 복수의 별자리

뭘 해도 철저하게, 그러다 보니 무언가에 한번 꽂히면 쉽게 중독됩니다. '한 놈만 팬다'는 싸움의 법칙도 있죠? 어느 스콜피오 친구가 당구를 치기 시작하더니 완전히 빠져 6개월 동안 당구장에 살며 수준급으로 치게 되고, 그 뒤엔 도박에 한 6개월 빠져 엄청난 돈을 쓰는 것을 보았습니다. 오락에 빠지면 또 몇 달을 그렇게 보내죠. 그런데 신기하게도 그렇게 한 시기 동안 빠져 지낸 뒤에 스스로 '아 이제 할 만큼 했다'는 생각이 들면 툭툭 털고 벗어나더군요. 그건 이제 자신이 이 분야에 대해 알 만큼 알고 꽤 잘한다는 것을 느끼는 순간이 왔기 때문입니다.

스콜피오는 말이 많고 심지가 없는 사람을 보면 참지 못합니다. 경박한 사람은 스콜피오의 친구가 될 수 없죠. 반면 어눌해도 가끔 진국인 대사를 던지는 사람, 진중한 생각을 보여주는 사람이라면 스콜피오가 아주 좋아할 겁니다. 숭배에 가까운 애정을 보여주죠. 스콜피오가 마당발이 되어 많은 사람과 친하게 지낸다면 놀라서 돌아봐야 할 일입니다. 스콜피오 성향이 강할수록, 친구 수는 적은 법이거든요. 적당히 친한 여러 명의 친구를 두기보다는, 친구 한두 명과 깊게 사귀는 것을 좋아하기 때문입니다. 스콜피오를 베스트프렌드로 두고 있는 사람이라면 이 말을 쉽게 이해할 겁니다. 속을 쉽게 보여주지 않아 금방 친해지긴 어려운 스콜피오지만, 가까워지고 나면 그 우정이 피처럼 진해진다는 것을요.

스콜피오의 에너지에 잘 맞는 영화라면 존재의 문제와 우주의 비밀을 집대성한 <매트릭스> 시리즈와 <양들의 침묵> <콘택트> <올드보이> 등이 있습니다. 스콜피오는 피에 강해서 출생 차트에 스콜피오 싸인이 들어 있으면 수술을 집도하는 외과 의사가 되기 좋다고 합니다. 음식도 음지에서 난 콩나물이나 버섯을 좋아하고 회나 육회 같은 칼로 저민 종류를 좋아합니다. 나비를 좋아하는 스콜피오 여성도 많이 보았습니다. 태어나서 애벌레로 기어다니다 고치 상태를 거쳐 마침내 날개를 얻어 하늘로 날아가는 신비로운 동물이죠. 고치 상태에 있을 때는 생명력 없이 죽어 있는 것만 같지만 그것은 아름다운 나비로 재탄생하기 위한 과정입니다. 명왕성의 죽음과 부활이라는 키워드도 그렇고, 우주와 하나가 되어 전혀 새로운 사람으로 거듭나고 싶어 하는 스콜피오 성격을 나비라는 생물이 표현하고 있는 것만 같죠.

천문을 배운 뒤에도 스콜피오는 다른 사람들의 인생을 궁금해하기보다는 홀로 스스로의 에너지를 파악하는 데 시간을 보내는 편입니다. 타로나 마법, 오컬트는 스콜피오들의 전문 분야처럼 보입니다. 제도적으로 자리잡힌 종교보다는 비밀스러운 종교들, 종종 이단이라 배척받는 종교와 더 어울린다는 생각도 듭니다.

포스의 중심을 잡는 것을 최고의 경지로 삼는 영화, <스타워즈>의 제다이 기사들 중에 아나킨 스카이워커는 개인적 복수심과 이루어질 수 없는 사랑에 대한 절망으로 인해 포스가 다크 사이드로 기울고 결국에는 검은 망토와 마스크를 걸친 다스 베이더로 변합니다. 이는 스콜피오의 어두운 에너지를 잘 표현한 캐릭터지요. 스콜피오는 복수의 별자리라고도 불립니다. 설마 하시겠지만 실제로 아주 착한 스콜피오 친구가 자신에게 해를 끼친 친구에게 어떻게 복수할까를 머리에서 자동으로 생각하는 것을 멈출 수가 없어 고통스러웠다고 고백하는 말을 들은 적이 있습니다. 이런 특징은 전체를 꿰뚫어보고 컨트롤하려는 스콜피오의 성격이 파워에 대한 열망을 갖기 쉽기 때문에, 이것이 지나쳐 탐욕이 되었을 때나, 좌절을 겪었을 때 나타나는 단면입니다. 한마디로 '꼬인' 스콜피오가 이런 모습을 보이게 되죠.

　　스콜피오 남자의 건강 포인트는 전립선, 여자는 자궁입니다. 상처가 나거나 수술을 겪더라도 재생 능력이 탁월하기 때문에 남들보다 빨리 회복되는 편입니다. 강렬하고 매력적인 스콜피오 친구가 당신 앞에 있다면 인생의 고민이나 사소하게는 읽어버린 물건이 어디 있는지 물어보세요. 그 순간 그는 수사반장에 출연한 배우가 되어서 상상의 나래를 펼칠 테니까요.

스콜피오가 잘하는 것과 못하는 것

* Pros 스콜피오는 다른 별자리보다 분석력과 통찰력을 많이 가진 별자리다. 자연히 남들이 보지 못하는 현상 이면의 진실, 이유들을 잘 파악한다. 한번 꽂힌 일에 대해서는 적당히 넘어가지 않기 때문에 이들이 신심을 다할 만한 매력이 있는 일이라면, 스콜피오가 알아서 하도록 그냥 내버려두면 저절로 처리된다.

겉으로 자기가 얼마나 능력 있는지 떠벌리거나 포장하지 않지만, 믿고 맡겨둘 수 있는 철저한 사람들이기 때문이다. 오히려 남이 이리저리 간섭하고 조언하려 들면 탈이 난다. 알아서 하게 내버려두었을 때 이들은 신중하고 확실하게 일을 진행시키고 문제를 해결할 것이다. 또한 성숙한 스콜피오는 타고난 매력으로 다른 이들을 이끄는 능력을 갖고 있다.

* Cons 스콜피오는 남이 약한 것에 대해서도, 자신이 약한 것에 대해서도 자비롭지 못하다. 그래서 능력 없는 사람은 철저하게 무시하며, 어설픈 자신의 모습을 보이는 것을 극단적으로 힘들어한다.

하지만 사람이 항상 완벽할 수는 없지 않나. 실수 좀 해도 된다. 문제가 커질 때까지 드러내지 않는 성격 때문에 남에게 스콜피오가 가진 고민이나 문제가 드러날 때면 이미 상당히 큰일이 되어버린다. 다른 사람도 잘못을 할 수 있으며, 자신도 발을 헛디딜 수 있다는 것을 인정하는 유연한 태도가 필요하다.

또한 집착과 질투가 강해서 한번 마음에 둔 대상을 포기하는 것이 매우 어렵다. 자신이 상황을 완벽히 통제하려 고군분투하지 말고 흐르는 대로 내버려두는 게 좋다. 아무리 그래도 스콜피오인 당신이 상황을 무책임하게 방치하는 일은 일어나지 않는다.

스콜피오의 대인관계에 대한 조언

✱ 친구가 스콜피오라면 그에게서 쉽사리 따스함을 느끼지는 못할 때가 많을 것이다. 하지만 물의 성질을 가진 스콜피오의 정서적인 측면을 기억하면 인간관계를 맺는 데 도움이 된다. 11월 깊은 호수의 표면은 얼음장처럼 차가울지 모르나, 깊은 물속은 그보다 따스하다. 스콜피오 친구와 좋은 관계를 유지하고 싶다면 가벼운 만남과 대화만으로는 안 된다는 것을 알아두는 게 좋다.

당신의 수많은 친구 중 한 명이 되는 것 따위는 스콜피오가 바라는 게 아니다. 경박한 말투나 행동도 스콜피오와 잘 지내기 위해 버려야 할 부분이다. 거짓말이나 변명은 금방 간파당할 수 있으니, 뭔가 마음에 걸리는 게 있다면 차라리 솔직하고 담백하게 털어놓자. 그러면 스콜피오는 당신에게 매우 영리하고 믿음직한, 속 깊은 친구가 되어줄 것이다.

＊당신이 스콜피오라면 '자비심'이 배우고 실천해야 할 가장 중요한 미덕이다. 완벽하지 않으니까 사람이라는 걸, 남에 대해서도 자신에 대해서도 기억하는 게 정신 건강에 이롭다. 남을 맘대로 조종하려는 욕구가 일어나면 심호흡부터 하고 남의 이야기를 들어라. 집요한 성격을 완화시키고, 상대를 겁주는 심각한 표정 따위는 걷어내고, 좀더 웃어라.

바보 같은 표정도 가끔 짓고 허술한 행동도 가끔 해라. 맛있는 음식과 몸의 편안함을 즐길 줄 아는 반대편 싸인 토러스를 가까이에 두는 것도 좋다. 좀 실망했다 해서 단숨에 등돌려버리는 건 스콜피오 심각병의 한 증세다. 모든 인간은 두 번째 기회를 가질 자격이 있다.

스콜피오는 공정함에 대한 집착이 강하기 때문에 무언가 공정하지 않다는 생각이 들면 자신이 직접 관계되지 않은 일에 대해서도 정의의 심판을 내려야 한다는 생각에 사로잡힌다. 하지만 어떤 경우라도, 복수심이니 억한 감정들은 치워버려야 할 부정적인 것이다. 그런 마음은 남을 공격하기 이전에 자신에게 독이 되기 마련이니까.

스콜피오의 사랑에 대한 조언

＊ 그녀가 스콜피오라면 스콜피오 그녀는 한 사람만 바라본다. 그녀에게 중요한 것은 자신이 관계를 주도하고 있느냐 못하느냐. 만일 당신이 그녀를 찬다면, 복수의 별자리인 스콜피오 그녀는 어떻게 해서든 당신을 다시 만나 차고야 말 것이다. 그러니 관계의 주도권을 그녀가 쥐고 있다고 생각하게 만들라. 어떤 영화를 볼지, 어디서 만나면 좋을지, 사소한 것 하나라도 그녀의 의견을 묻는 것부터 시작해보자.

스콜피오 그녀의 눈에 띈 남자들은 우월감을 가져도 좋다고 할 정도로 수준 높은 남자를 원한다. 스콜피오 그녀는 어떤 면에서든 자신이 존경할 수 있는 남자를 원한다. 마에스트로도 좋고 한 분야의 권위자도 좋다. 쪼잔한 남자, 징징대는 남자는 딱 질색이다.

섹스 에너지가 강한 스콜피오 그녀는 영과 육이 일체되는 섹스를 원한다. 마음의 교감 없는 섹스는 되도록 피하라. 스콜피오 그녀의 이상적인 상대가 되려면, 그녀의 무거운 에너지를 가볍게 해주는 유머를 갖추면 좋겠다. 하지만 그 유머는 삶의 지혜와 통찰을 갖춘 고차원적인 것이어야 한다.

✻그가 스콜피오라면 스콜피오의 그는 카리스마 넘치고 과묵하면서 속 깊은 사람이다. 그를 표현하자면 아무 파동 없는 잔잔하고 평온한 호수의 수면 아래에서 꿈틀거리고 있는 엄청난 열망을 가진 용이라고 할 수 있다. 이런 스콜피오 그는 심오한 이야기나 음모론, 명상의 세계, 신비로운 우주의 깊은 세계 등에 관심이 많다.

그 앞에서 섣부른 지식을 떠벌리며 이야기하는 것, 가볍게 구는 것은 좋지 않다. 그렇다고 심오한 그의 에너지에 당신까지 동화되어버리면 너무 무겁지 않을까? 당신은 오히려 반대로 그에게 제머나이의 발랄함이나 에리즈의 경쾌함을 전해주는 센스 있는 여자가 되어도 좋겠다.

스콜피오 그는 굉장히 신뢰감 있는 사람들로, 관계를 끝까지 유지하려고 한다. 자칫 이 신뢰가 지나쳐 스토킹으로 이어질 수도 있음을 놓치지 마라. 이런 스콜피오 그와는 가벼운 만남보다는 진지한 만남으로 뼈를 묻겠다는 각오로 만나라.

Sagittarius

·

사수자리
11월 22일~12월 21일

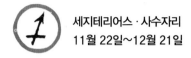

이상과 목표를 추구하는 켄타우로스

꿈, 원대한 목표를 좇는 사수자리. 세지테리어스는 여행과 철학의 별자리, 유목민의 별자리입니다. 우선 세지테리어스의 상징이 서양 신화 속 켄타우로스라는 것부터 보면 이해가 쉽지요. 대지의 여신 가이아의 아들인 켄타우로스는 상체는 인간, 하체는 말인 존재입니다. 당연히 이들은 인간보다 더 멀리, 빠르게 달려나갈 수 있습니다. 말이 가진 또다른 이미지로 힘이 세다는 것도 있습니다.

그래서 세지테리어스는 스피드와 힘을 갖고 있습니다. 이게 단지 세지테리어스가 말처럼 물리적인 힘이 세고 빨리 달린다는 의미라고 생각하지는 마세요. 켄타우로스의 하체는 말이지만, 상체는 인간이라고 했죠. 인간의 머리를 가진 켄타우로스가 결국 상징하는 것은 말의 하체가 가진 능력을 어떻게 쓰는가, 즉 힘과 스피드를 '조절하는 능력'입니다. 그래서 세지테리어스는 남들보다 뛰어난 지적인 힘, 생각하는 능력을 갖고 있습니다. 인간관계와 사회를 생각하는 힘, 즉 개인적인 차원을 뛰어넘어 좀 더 큰 범위에서 연결 고리들을 찾는 능력, 전체를 이해하는 능력입니다. 그래서 흔히 세지테리어스들은 숲을 잘 보는 사람들이라고 이야기합니다. 대신 하나하나 나무의 세세한 부분까지는 잘 못 보는 경향이 있죠.

그런데 켄타우로스는 활을 들어 하늘을 향하고 있습니다. 45도 이상, 대략 60도 각도로 높이 겨누고 있지요. 이는 세지테리어스가 어떤 이상과 목표를 항상 추구하고 있다는 것을 뜻합니다. 그래서 종종 이상주의자로 보여지곤 하죠. 하지만 사실 세지테리어스는 이상과 목표를 새롭게 설정해 남에게 제시하는 전형적인 리더는 아닙니다. 다만, 이미 있는 목표와 나아갈 곳을 향해 가려면 어떻게 해야 할까, 어떤 길로 가야 할까를 제시하는 사람입니다. 가장 효과적인 방향을 보여주는 사람이죠. 한 나라로 치면 왕이기보다는 총리 정도라고 할 수 있습니다. 복잡하게 돌아가는 인간 세상을 이해해보려 노력하는, 철학자의 얼굴을 한 사람이기도 하고요.

중요한 것은 켄타우로스가 아무리 하늘을 향해 활을 겨눠도, 그의 발은 단단하게 땅을 디디고 있다는 겁니다. 대지의 아들 켄타우로스가 얻는 힘은 땅에서 얻어지는 힘, 즉 세지테리어스는 현실 세계에서, 자신이 속한 사회 안에서 에너지를 얻습니다. 그러다 보니 세지테리어스는 주변에 사람이 없으면, 너무 외롭게 고립되면 기운이 빠집니다. 사실 세지테리어스는 종종 거만하고 독립적인 모습을 보이기 때문에 그들이 항상 주변에 사람을 필요로 한다는 게 의외로 느껴질지 모릅니다. 그저 혼자 거친 세상을 탐험할 것만 같은 인상인데 말이죠. 세지테리어스가 '이래야만 한다'고 고집을 부리거나, 남에게 자신의 말을 들으라고 강하게 말하는 것을 종종 봅니다. 그런데 세지테리어스가 부리는 고집의 근원은 자기 개인의 좋고 싫음이기보다는 '우리'가 더 잘 살기 위해서 이래야 한다고 믿기 때문이죠. 그래서 세지테리어스를 가까이에서 겪어보면 영웅주의 성격을 갖고 있다는 걸 느낄 수 있습니다.

청교도적 결벽, 큰 그림

이상을 좇고 전체를 생각하는 특징이 지나치거나 부정적으로 발휘될 수도 있겠죠. 그런 경우에는 청교도적인 결벽 증세로 나타나게 됩니다. 영웅주의 자체는 나쁜 게 아닙니다. 그런 사람이 있어야 우리 사회가 더 나은 방향으로 나아가는 힘을 얻을 수 있으니까요. 하지만 전체를 위해서 개인을 희생시키려고 하고, 개인의 고통을 작다고 치부하며 자신이 믿는 이상을 위해 남의 자유를 침해하려 한다면 문제가 됩니다.

세지테리어스가 빠지기 쉬운 함정 또 하나. 이들이 세세한 나무까지는 잘 보지 못한다고 했죠. 그래서 구체적인 부분에서 놓치는 것들이 생깁니다. 예를 들어서 인간관계를 아무리 중요하게 여기더라도, 타인의 사소한 감정이 일어나고 지나가는 것을 잘 감지하지 못하는 게 대부분 세지테리어스의 특징입니다. 설혹 그걸 감지하더라도 세심하게 챙겨주는 것은 이들 성격에 안 맞습니다.

캔서 친구와 세지테리어스 친구가 있었습니다. 그들은 단짝이었는데, 종종 세지테리어스 친구가 별 생각 없이 하는 말과 행동에 예민하고 지난 감정을 잘 기억하는 캔서 친구는 상처를 받곤 했죠. 옆에서 보는 다른 사람 눈에는 그게 보이는데 세지테리어스 친구는 잘 알지 못했습니다. 누군가가 옆에서 이야길 하면 세지테리어스 친구가 늘 하는 대사가 있습니다. "어머 그랬어?

난 몰랐어. 미안해." 해맑은 얼굴로 그렇게 말하곤 하죠. 남을 상처 줄 의도 없이, 진짜 모르고 그랬다는 걸 대번에 알 수 있습니다. 그리고 세지테리어스는 이런 일을 잊어버립니다. 지난 감정을 오래 품어두는 건 앞으로 나아가는 데 필요 없으니까요.

세지테리어스가 앞 싸인인 전갈자리 성향이 있다면 사람의 속마음 깊은 곳으로 파고드는 심리학을 선택할 것이고, 뒤 싸인 캐프리컨 성향을 가졌다면 현실적인 경영학이 잘 맞습니다. 맨해튼 같은 대도시의 마천루는 세지테리어스의 원대한 에너지와 캐프리컨의 구축하고 건설하는 에너지가 없으면 안 되는 일입니다. 물론 전형적인 세지테리어스 그 자체라면 철학과가 잘 맞죠.

낙천적, 탈 것, 허벅지와 엉덩이

주피터, 즉 목성이 이들의 수호 행성인데, 진취성, 확장성, 낙천성을 상징합니다. 그래서 세지테리어스는 매우 낙천적인 사람들입니다. 화도 잘 안 내는데 이들이 가뭄에 콩 나듯 화낼 때에는 멀리 대피하는 것이 좋습니다. 화내는 기술이 부족해서 자신도 당황한 표정을 지으며 화를 내거든요. 아래쪽의 말이 야생의 모습으로 깨어난 것으로 보시면 됩니다. 별로 화를 내지 않으니 화내는 기술이 부족하다고 할까요.

현대에는 말을 대신하는 탈 것, 자동차 등이 세지테리어스에게 중요한 도구들입니다. 지금도 자동차의 힘을 따질 때 '말 몇 마리가 끄는 힘과 같다'는 뜻인 '마력'을 사용하는 것이 흥미롭죠. 더 멀리, 더 빠르게 움직이고 싶어 하는 세지테리어스에게 교통, 운송은 중요합니다. 20세기의 스승 오쇼 라즈니쉬도 세지테리어스입니다. 라즈니쉬가 롤스로이스 자동차를 93대나 갖고 있었다는 건 세지테리어스의 성향을 잘 보여주는 것입니다.

또다른 전형적인 세지테리어스로 국제 긴급 구호 팀장 한비야가 있습니다. 한비야는 세지테리어스로 살아가기에 아주 맞춤인 부모님 밑에 태어난 것 같습니다. 어릴 때부터 집안에 세계지도가 있었고 부모님이 세계지도가 들어가 있는 물품은 항상 사주었다고 합니다. 그래서 한비야는 어려서부터 전 세계를 걸어서 여행하겠다는 꿈을 꾸었다고 합니다.

다른 이들에게 방향을 제시하려 하는 세지테리어스는 가르치는 어투로 말을 하는 경향이 있습니다. 그래서인지 교수도 많고 모험적인 출판 사업의 오너가 되는 경우도 많습니다. 책을 내는 것은 정보를 더 멀리 더 많은 사람들에게 퍼뜨리는 일이지요. 그래서 출판은 세지테리어스 성격의 일입니다. 그런데 그들의 파트너로는 버고가 필요하다는 건 재미있는 에너지 대비입니다. 책을 내려면 편집과 교정을 보고 세세한 부분까지 챙겨야 하는데, 꼼꼼한 성격의 버고가 이 일에 적합하죠. 그림 조각 맞추기, 프라모델 조립 같은 것은 버고 아이에게 주고, 세지테리어스에게는 권하지 마십시오. 크고 원대한 것은 좋아하나 세세한 것을 힘들어하는 그들에게는 고문에 가깝습니다.

　신체적 특징으로는 절대로 턱을 내리지 않는 거만해 보이는 자세와, 허벅지와 엉덩이가 발달된 몸을 들 수 있습니다. 여행자의 피를 갖고 있는 이들에게는 오래 길을 걸어다니는 데 엔진의 역할을 하는 신체상의 이 부위가 중요하겠죠. 그리고 멍이 들어 있어도 그 멍이 어디에서 생긴지 모르는 경우가 태반입니다. 하늘을 보며 달리는 켄타우로스가 사소한 일에 별 신경을 안 쓰기 때문인지, 원대한 목표를 향해 가는 데 필수인 타고난 낙천성 때문인지, 여기저기 부딪히고 다니는데도 아프지 않고, 별일 아니라고 생각하는 사람들입니다. 효과적으로 움직이고 싶어 하기 때문에 이를 위해서 몸을 단련하는 것도 좋아합니다.

여행자, 무한도전의 별자리

세지테리어스는 또한 좁은 공간을 견디지 못합니다. 자신의 공간에 뭔가 번잡하게 많은 것도 싫어하고, 시원시원하게 비워두는 걸 좋아하죠. 카페나 바에 가더라도 좁은 공간에 아기자기하게 인테리어가 되어 있고 잡다한 물건이 많은 곳은 세지테리어스를 편안하게 해주는 곳이 아닙니다. 여행을 할 때도 이들은 넓고 황량한, 비어 있는 풍경을 좋아합니다.

가까이에 상당히 다른 성격을 보여주는 세지테리어스 두 명이 있는데 이들이 좋아하는 여행 스타일을 보면 영락없습니다. 한 명은 유목민들의 천막이 간간이 있을 뿐 끝없이 펼쳐진 몽골의 초원을, 다른 한 명은 스코틀랜드의 거친 구릉 지대와 황무지, 또는 오로라를 볼 수 있는 북극권의 황량한 들판을 보고 싶다고 하더군요. 사막도 이들의 꿈을 자극하는 공간입니다.

그런데 많은 세지테리어스들이 방구석에 앉아 상상으로만 은하계를 여행하는 걸 봅니다. 필요 이상으로 규범에 매어 경직된 경우도 종종 있습니다. 하지만 세지테리어스는 여행자의 별자리이며, 철학하는 별자리입니다. 이곳저곳 여행하며 생각도 많이 하는 것은 이들에게 힘을 줍니다.

아직 미처 깨닫지 못했더라도, 당신이 아직 여행을 그리 많이 해보지 않은 세지테리어스라면 한번 시도해보세요. 사막이나 황무지, 허허벌판처럼 비어 있고 한없이 넓은 풍경을 볼 수 있는 곳으로 바람 쐬러 가보세요. 그렇다고 해서 세지테리어스가 그런 곳이 너무 좋아 고립된 은둔자처럼 살아갈 수 있다는 이 야기는 아닙니다. 앞에서도 말한 것처럼 세지테리어스는 사회 안에 속하는 것이 매우 중요하며 인간관계에서 에너지를 얻기 때문입니다.

영국의 축구 선수, '원더보이' 마이클 오웬은 명문팀인 리버 풀을 놔두고 온갖 반대에도 불구하고 슈퍼스타들이 즐비한 레 알 마드리드로 갑니다. 그곳에서 교체 멤버로 출전하는 시련과 수모를 겪으면서도 많은 골을 넣는 등의 활약을 했죠. 결국은 다 시 영국으로 돌아왔습니다. 무한도전을 사랑하는 세지테리어스 의 정신을 가졌기 때문에 일어난 일들이었죠. 세지테리어스는 한마디로 돈키호테 같습니다. 무모한 도박사 기질을 갖고 있죠. 그래서 흥하면 엄청나게 성공하고, 망해도 대단하게 망할 거라 생각합니다. 물론 한번 좌절했다고 영영 쓰러지지는 않을 겁니 다. 이들의 낙천성과 진취적인 성격은 그렇게 약하지 않거든요.

또한 세지테리어스는 에리즈, 리오와 함께 불의 자리인데, 불 중에서도 다 타고 남은 재 속에 남은 불씨에 해당합니다. 복 습하자면 에리즈는 이제 막 피어난 불, 리오는 활활 타오르는 캠 프파이어 같은 불이죠. 세지테리어스는 불이긴 한데, 바람 같은 불이라고 할까요. 하지만 이 바람은 불을 완전히 꺼뜨리지는 않지요. 세지테리어스의 불씨는 끈질긴 낙천성으로 꺼지지 않고 남아 앞으로의 가능성을 찾습니다. 끝없이 사고하는, 철학하는 성격을 연상할 수 있습니다.

일상의 작은 일들에 지쳤을 때, 삶의 방향을 잃고 헤매이는 기분에 휩싸였을 때, 신발끈 단단히 매고 가벼운 가방 하나 들고 당신의 세지테리어스 친구에게 연락을 해보세요. 전혀 새로운 길을 따라 머리가 시원해지는 여행을 떠나게 될 것입니다.

세지테리어스가 잘하는 것과 못하는 것

* Pros 세지테리어스는 큰 그림을 잘 보는 능력을 갖고 있을 뿐만 아니라, 뭐든지 크고 넓게 보고 싶어 하기 때문에 진취적인 성격을 갖는다. 또한 안 좋은 일이 있더라도 금방 잊고 앞으로 나아가는 데 에너지를 쏟는다. 스스로는 꽤나 심각한 사람이라 여기더라도 기본적으로 낙천적인 사람들이라서 그렇다. 그 덕분에 같은 상황에서도 스트레스를 덜 받고, 상처도 잘 받지 않는다. 자연스럽게 세지테리어스 성향이 강한 사람들은 자유롭다는 인상을 준다.

다른 사람의 평판에 대해 크게 신경 쓰지 않기 때문에 자신의 생각대로 밀고 나가는 능력이 뛰어나다. 자신이 좋다고 믿는 것, 이상적이라 믿는 것을 추구하는 것이 세지테리어스의 삶에서 중요하기 때문에 이런 성향은 도움이 된다. 낯선 환경에 대한 두려움이 적어서 먼 곳으로 여행하는 것을 좋아하는 탐험가 기질도 갖는다. 실제로 여행을 자주 다니지 않는 세지테리어스라고 해도 익숙한 환경에서 벗어나 보고자 하는 갈망을 품는 것이 보통이다.

*Cons 큰 그림을 잘 보기 때문에 사소한 것을 놓친다는 것은 세지테리어스에게 가장 부족한 기질이다. 이들이 어떤 계획을 세웠을 때 그 기본 틀은 꽤나 근사해 보인다. 하지만 자세히 세부사항들을 들여다보면 빈틈이 발견되곤 하기 때문에 옆에서 이런 점을 채워줄 동료가 필요하다.

만일 이들 옆에 꼼꼼한 사람이 있다면 많은 도움이 되겠지만, 동시에 꼼꼼한 성격의 소유자들은 세지테리어스 때문에 스트레스를 많이 받게 된다. 이상을 좇는 성격이 지나치면 무턱대고 달려나가다가 돌부리에 채여 넘어지는 상황을 불러오기도 한다. 또한 다른 사람에게 자신의 생각을 강요하고 가르치려 들지만, 반대로 다른 이의 이야기는 잘 듣지 않는다.

이런 세지테리어스가 삶의 작은 일들에도 애정을 기울인다면 인생이 조금쯤 균형을 찾을 수 있다. 하지만 주변에서 이런 조언을 듣더라도 잘 듣지 않기 때문에 스스로 깨닫기 전에는 어렵다.

세지테리어스의 대인관계에 대한 조언

＊친구가 세지테리어스라면 가끔씩 무심한 말을 툭 던지거나, 무시하는 듯한 행동을 하더라도 심호흡 한번 하고 그 자리에서 울컥하지 않는 게 좋다. 만일 캔서처럼 작은 일에 대해서도 오래 생각하고 매달리거나, 지난 일이 아무리 사소해도 끝내 담아두는 성격이라면 세지테리어스와 조화롭게 지내기가 상당히 어려울 거다.

하지만 기억할 것은, 세지테리어스가 무신경한 태도를 보이더라도 대개의 경우 그것은 상대방을 상처 주자고 하는 행동이 아니다. 단순히 정말 모르기 때문이다. 그러니까 별거 아니라면 넘겨버리거나, 잊을 수 없다면 흥분하지 않은 상태에서 차근차근히 말해주는 편이 낫다. 혼자서 쌓아두고 끙끙거려봤자 소용없다. 이런 점을 조절할 수 있다면 세지테리어스는 당신의 우울지수가 바닥을 쳤을 때, 낙천적인 힘을 불어넣고 새로운 동기를 부여해주는 친구가 될 수 있다.

＊당신이 세지테리어스라면 가장 쉽게 겪는 인간관계에서의 어려움은 당신의 무신경함 때문에 일어난다. 큰 그림을 보고 앞으로 나아가기 위해서는 작은 사건들, 다른 사람들의 모든 지나가는 감정들에 신경 쓸 틈이 없다. 이건 사실이다. 하지만 이런 정도가 지나치면 누군가와 함께 살아가기가 곤란해지는 것도 사실이다. 그래서 세지테리어스에게 하는 첫 번째 조언은 하늘을 바라보며 힘차게 말처럼 달려나가는 것도 좋지만, 길가에 핀 작은 꽃도 한번 바라봐주라는 것이다.

당신 옆에 소중하게 여기는 사람, 소중한 친구와 가족이 있다면 더욱 그렇다. 만일 당신이 '독고다이'로 마냥 혼자서 가도 상관없다고 한다면 문제가 안 된다. 하지만 혼자서 가도 정말 상관없는 인간은 백만 명에 한 명쯤 있을까? 특히 주변에 캔서나 버고 성향이 강한 사람이 있다면 일부러라도 한 번씩 속도를 늦추고 생각해주는 게 좋다. 작은 배려에도 인간관계는 한결 부드러워질 수 있다는 것을 꼭 기억하시라.

세지테리어스의 사랑에 대한 조언

*그녀가 세지테리어스라면 세지테리어스 그녀는 드라마나 영화에 나올 법한 드라마틱하고 아름다운 사랑 이야기가 많은 로맨티스트다. 현실적인 사랑보다는 이상적인 사랑을 찾아 헤맨다. 이런 그녀에게 일상의 소소함으로 기쁨을 주려 하는 것은 어리석은 짓.

여행자의 별자리인 세지테리어스 그녀는 자유와 이상을 추구하는 거친 사랑을 좋아한다. 세지테리어스 그녀를 절대 속박하려 하지 마라. 거침없는 하이킥인 그녀를 가둬두려고 한다면 답답해서 도망갈 것이다. 이런 그녀와 함께 떠나는 모험 여행은 어떤가?

세지테리어스 그녀는 덤벙덤벙, 털털하게 남성적인 행동을 많이 한다. 하지만 당신이 그녀의 이런 행동 사이로 보이는 여성성을 알아차린다면, 그녀는 소스라치게 놀라 당신한테 덤비며 도망갈 것이다. 그녀가 알아차리지 못하게 그녀의 여성성을 하나씩 하나씩 꺼내주는 멋진 남성이 되어보자.

✱그가 세지테리어스라면 세지테리어스 그에게 잔정을 기대하지 마라. "왜 약속을 못 지켰냐"고 따지지 마라. 사과받으려 하지 마라. 그들의 이상과 비전이 마음에 든다면 사귀어도 좋다. 하지만 남녀 사이의 소소한 사랑을 기대한다면 상처받을 것이다.

차라리 그가 그리는 커다란 그림과 이상에 함께 동참을 하라. 지도를 주고, 신발을 주고, 배낭을 주고, 여행길을 골라 같이 말에 올라타라. 이왕이면 명분 있는 여행이라면 더 좋겠다. 오지의 구호 활동이나 자원봉사 활동 같은. '나 기다려줄게'보다 '나도 같이 갈게'라고 말하라. 여행길에 철학 이야기를 함께 나누어도 좋겠다.

만일 세지테리어스 그가 당신한테 설교나 훈계를 하려 한다면 그때야말로 당신과 진정으로 만나고 싶을 때다. 낙천주의에 여행의 별자리인 그가 당신을 베이스캠프로 두고 싶은 것이다. 세지테리어스 그의 사랑은 몽골리안처럼 격렬하고 야성미 넘친다. 그의 사랑은 좌절을 모르는 끊임없는 낙천주의라는 것을 기억하자.

Capricon

·

염소자리
12월 21일~1월 20일

캐프리컨 · 염소자리
12월 21일~1월 20일

야망과 끈기의 별자리

꾸준함과 책임감, 좌절하지 않는 야망의 별자리. 캐프리컨은 염소자리라 불리지만 집에서 기르는 순한 염소가 아니라, 산속의 가파른 암벽 지대를 뛰어다니는 야생 염소의 별자리입니다. 야생 염소를 본 적이 있다면 쉽게 이해할 겁니다. 아무리 어린 야생 염소라도 높은 바위 위로 풀쩍 뛰어 올라가길 좋아하고 평평한 땅에 먹을 풀이 있는데도 암벽을 열심히 올라가서 풀을 뜯어 먹곤 합니다.

야생 염소처럼, 캐프리컨은 DNA에 생존 본능이라는 키워드가 각인된 것만 같은 사람들입니다. 규칙적이고 꾸준한 노력가이며 참고 견디는 극기정신과, 하면 된다는 결심을 소유한 부지

런하고 믿음직한 사람들입니다. 그래서 세상에서 극히 현실적인 공간에 가면 캐프리컨과 버고를 많이 만나게 되죠. 또는 산을 즐기는 방식으로 보자면 화끈한 성격을 가진 에리즈가 암벽 등반을 좋아하더라도 캐프리컨처럼 끈기를 보여주지는 않습니다.

또는 번잡한 도시에서 벗어나 한가하고 평화로운 환경을 좋아하는 파이시즈나 토러스가 산의 언저리에서 자연을 즐기는 타입이라면, 캐프리컨은 꾸준히 정상을 향해 올라가 깃발을 꽂고 정복자의 기분을 맛보는 스타일입니다. 선배 만화가 장태산 씨는 캐프리컨인데 산악등반 만화 〈야수라 불리운 사나이〉가 대표작입니다. 캐프리컨답게 남자답고 권위가 넘치는 터프가이죠. 얼마 전 인기 있었던 드라마 〈하얀거탑〉의 장준혁은 죽음 앞에서도 자신의 꿈을 놓지 않으려는 야망의 화신으로 캐프리컨을 잘 표현한 캐릭터입니다.

캐프리컨이 태어나는 시기가 동지부터 시작해 한 해 중 가장 추운 한겨울이라는 것도 이들의 성격에 걸맞습니다. 생명이 활동하기 어려운 계절이기 때문에 자연히 몸은 움츠러들고, 나무들은 마치 죽은 것처럼 앙상한 가지를 드러내고 겨울을 견디죠. 어떤 동물들은 아예 동면에 들어갑니다. 이런 계절을 견디기 위해서는 극기 정신, 끈기 있게 버티는 성격이 필요하지 않겠어요? 하지만 알아두어야 할 것은 캐프리컨 시기의 시작인 동지는 가장 춥지만 또한 서서히 낮아지던 태양이 다시 높아지기 시작하는 전환점이라는 겁니다. 한 해 중 가장 낮의 길이가 짧은 날이라는 건, 동짓날부터 시작해 다시 낮이 길어지기 시작한다는 뜻도 되죠. 새로운 생명을 꽃피우기 위해, 번창하는 봄을 다시 맞이하기 위해서는 겨울을 버티기만 하는 게 아니라 끈기 있게 현실적인 토대를 만들어가야 합니다.

캐프리컨의 현실적이고 근면한 성격을 이해하는 데는 수호 행성인 새턴을 아는 것이 도움이 됩니다. 새턴은 로마 신화에서 농업의 신이며 사회적인 질서를 확립한 신인 사투르누스의 이름을 물려받았습니다. 또한 새턴은 천체 망원경이 발명된 근대 이전까지 인간이 알고 있는 가장 먼 행성이었습니다. 사람의 맨눈으로 볼 수 있는 마지막 행성이니까요. 그래서 새턴은 인간이 인식하는 세상의 범위, 한계를 뜻합니다. 캐프리컨들이 갖고 있는 억눌려 있는 듯한 성향, 약간은 비관적인 성격이 여기에서 나옵니다.

성실과 책임감의 별자리

태양자리가 캐프리컨이 아니더라도 캐프리컨 성향이 강한 여자들은 뼈가 굵다는 인상을 줍니다. 키가 큰 여자들도 많으며, 글 래머러스한 몸매와는 거리가 멀어서 여성적인 느낌이 덜합니다. 그보다는 단단하다는 인상을 주죠. 그리고 이런 겉모습에 걸맞게 자신의 일에 열심이고 성실한 캐프리컨을 많이 보았습니다.

한 캐프리컨 친구는 제머나이의 영향을 많이 받아서 평소에 놀 때는 발랄하고 유쾌한 사람입니다. 그래서 과연 이 친구가 어떻게 캐프리컨인가를 생각하게 되었는데, 그녀가 학교에서 있었던 일들을 이야기할 때 바로 느껴지더군요. 선생님인 그 친구는 학교에서 일할 때는 영락없는 캐프리컨입니다. 학생들에게 평소에는 친구처럼 대하는 다정한 선생님이지만, 지켜야 할 선, 예의와 범절에 대해서는 엄격한 관념을 갖고 있습니다.

보수적인 전통 위에 세워져 있는 학교라는 공간은 캐프리컨에게 잘 맞는 곳이기도 합니다. 게다가 책임감이 워낙 강하고 성실하게 맡은 일을 해내는 성격이라서 학교에서도 그 친구에게 갈수록 더 많은 책임을 지우더군요. 힘들다고 말을 하더라도 결국 그녀는 주어진 일을 역시나 훌륭하게 해냅니다.

또다른 캐프리컨 친구 하나가 더 생각납니다. 역시나 아주 잘 놀고 유쾌한 사람입니다. 꽤나 오랜만에 만나서 신나게 놀다가도 그리 늦은 시간이 아니었는데 집에 가야겠다고 하는 게 아니겠어요. 해야 할 일이 있다는 겁니다. 시간에 쫓기는 일이 아닌데도 왜 가야 한다는 것인지 이해할 수가 없었어요.

하지만 자신은 해야 할 일이 있다고 생각하면 아무리 재미있게 놀다가도 일하러 가야만 한다고 말하더군요. 가끔 사람들은 아무리 지금 해야 할 일이 있어도 친구랑 놀다 보면 '에이 그래, 오늘은 제끼고 내일 생각하자!'라고 해버리지 않나요? 캐프리컨에게는 이게 아주 어려운 일입니다.

승부를 걸어야 하는 상황에 있을 때 캐프리컨은 오직 그 승부에만 정신을 쏟는 경향이 있습니다. 이들의 끈질기고 성실한 성격은 현실에서 단단한 토대를 쌓고 건물을 지어 우리가 살아갈 기반을 만들어갑니다. 더 큰 사회적 차원에서 보자면 문명을 이루고 제국을 건설하는 것도 캐프리컨의 에너지입니다. 로마를 강력한 제국으로 만들었던 통치자 율리우스 카이사르도 캐프리컨이었죠.

전통주의자, 아버지의 별자리

캐프리컨은 전통주의자이면서 아버지의 별자리로 여겨지기도 합니다. 180도 반대편에 있는 캔서는 타인을 부드럽게 포용하는 어머니의 별자리이죠. 권위주의적이면서 냉혹한 면모도 가지고 있어 일견 자신만을 위해 사는 것 같은 인상도 풍깁니다. 하지만 캐프리컨은 가족의 대소사, 명절, 관혼상제에 바쁜 일을 제치고 달려옵니다. 기존의 가치를 지키는 것, 전통을 좋아하는 특징을 알 수 있습니다.

별자리 공부를 하면서 인터넷 검색창을 통해 알려진 위인들이나 연예인 정치인들의 생년월일을 살피게 됩니다. 그들의 인생이 사회에 노출되어 있고 성격이 알려져 있기 때문에 공부하기에 좋은 자료를 제공하기 때문이죠. 한때 필자는 캐프리컨을 찾아보다가 그만둔 적이 있었습니다. 정치인이 하도 많아서였습니다. 책임을 맡고 무언가를 구축하고 추진하는 이들의 특징상 정치와 사회, 문화 전반의 요직에 두루 포진되어 있습니다. 어떤 직종에 종사하더라도 결국 책임 있는 윗자리에 오르고 예술 방면의 사람이라도 무슨 협회 회장이라든지 문화부장관이라든가 극장장 같은 자리에 오른다면 그를 캐프리컨으로 보아도 될 것입니다.

이들은 목표를 세우고 아무리 힘겹게 넘어져도 다시 일어나 꾸준히 그 길을 가는 장인정신의 소유자입니다. 100미터를 달려도 오히려 허들이 있어야만 재미를 느끼는 별자리라고나 할까요. 목표에 맞는 계획을 철저하게 짜는 것을 좋아하는 이들에게는 무엇을 하더라도 계획을 세우고 성실하게 실행에 옮기는 게 성미에 맞습니다. 그리고 어떤 사건을 대할 때 자신이 가진 기준, 규범에서 어긋나는 것을 견디지 못합니다. 그래서 안정적인 사람들입니다.

특히 당신이 토러스나 버고 같은 흙의 성향이 강하다면 캐프리컨 친구가 옆에 있을 때 안심되는 기분을 많이 느낄 겁니다. 흙의 사람들에게는 안정적인 기분을 느끼는 것이 중요하니까요. 그런데 한편으로는 캐프리컨이 가진 안정적이고 단단한 성격이 지나쳐 보수적이고 변화를 거부하는 성향으로 나타나기도 합니다. 이럴 때 변화를 원하는 사람이라면 답답하다고 느끼겠죠. 왜 좀더 유연하게 생각하지 못하냐고 다그치게 될지도 모르겠습니다.

무릎과 치아, 냉혹한 야심가, 법칙과 룰

캐프리컨의 건강 포인트는 무릎과 치아, 모든 부분의 관절입니다. 정상을 향해 몸을 아끼지 않고 달리다 보니 뼈나 관절에 무리가 가는 것이 당연한 일일지도 모릅니다. 당연히 뼈에 좋은 음식을 잘 챙겨먹고 햇볕 쪼이기를 해줘야 하는데 자신의 몸을 챙기는 데 소홀한 캐프리컨을 자주 봅니다. 오히려 관절에 마구 무리가 가는 운동을 열심히 하는 것을 보게 되죠. 다시 한 번 말해두고 싶어요. 캐프리컨에게는 관절에 부담이 없는 운동이 더 좋습니다. 숨이 턱에 찰 때까지 뛰거나 가파른 산을 오르거나 테니스를 치는 것보다는 수영이나 자전거 타기가 좋다는 겁니다. 그리고 몸의 유연성을 기를 수 있는 요가도 좋겠죠. 물론 몸이 뻣뻣한 캐프리컨에게 요가는 처음엔 상당히 어려울 거예요. 하지만 그럴수록 더 몸을 유연하게 만들어주라고 권하고 싶어요. 요가는 야심 많은 캐프리컨이 빠지기 쉬운 함정, 지나친 욕심을 버리는 데도 도움이 되는 수련이니까요.

또한 이들은 여유롭게 쉬며 짬을 내어 머리를 식히는 여행과 같은 것을 좀처럼 떠올리지 못합니다. 그럴 시간이 어디 있냐는 표정으로 반문하는 경우가 더 많습니다. 그가 만약 어느 정도에서 만족하고 멈추는 것이 어떠냐는 충고를 받아들일지는 의문이긴 합니다. 하지만 캐프리컨 중에 평생을 교육자로 이바지한 교장 선생님이 은퇴 후 곧바로 급격히 건강이 나빠져서 몸져누워버리는 경우라거나, 쉬지 않고 목표를 향해 매진하다가 상당한 지위와 성취를 얻은 뒤에 갑자기 추락하는 경우들을 봅니다. 자신의 몸을 돌보지 않고 일과 성공에 매진하다가 자신을 잃어버리는 것이지요. 성취욕 강한 캐프리컨이 발을 한번 헛디디면 심각하게 건강을 잃거나 명예가 실추되는 등 추락을 겪을 가능성이 큽니다. 미국의 닉슨 대통령은 좋은 예입니다. 케네디 대통령에게 패한 뒤 다시 시도해 결국 대통령 자리에 앉았던 그는 워터게이트 사건으로 스캔들에 휘말리면서 도중에 사임하고 맙니다. 최고 권력자가 되고 그것을 붙잡으려 했던 그의 야망이 지나친 탓 아니었을까요. 캐프리컨은 자신의 목표를 조금만 하향 조정하면 더 행복해질 수 있다고 합니다.

때로 캐프리컨은 자신의 목표를 위해 다른 사람을 이용하기도 합니다. 캐프리컨에게는 다른 사람들을 움직여서 무언가를 만들고 성취해나가는 재능이 있습니다. 평소에 이런 성격은 전혀 나쁜 것이 아니죠. 오히려 공통의 목표를 위해서 함께 단결하고 노력하는 건설적인 힘이 되어주니까요. 하지만 만일 캐프리컨이 자신의 야망을 위해서 다른 사람을 심각하게 이용하기 시작한다면, 설혹 죄책감을 좀 느끼더라도 목표를 이루려는 마음이 더 커서 멈추지 못합니다. 이럴 때의 캐프리컨은 다른 사람에게는 냉혹한 야심가일 뿐입니다.

또한 캐프리컨은 모든 법칙과 룰을 만드는 사람들입니다. 아이작 뉴턴은 중력의 법칙을 발견했습니다. 사물을 지구에 붙들어놓는 강력한 힘, 중력을 처음으로 인간에게 알린 것이 캐프리컨인 뉴턴이라는 사실이 매우 잘 어울립니다. 현대의 위대한 과학자 중에는 스티븐 호킹이 캐프리컨입니다. 배우 송강호, 안성기, 안소니 홉킨스, 덴젤 워싱턴은 모두 캐프리컨 배우들입니다. 믿음직스럽고 성실한 인상을 주는 사람들이죠. 끝없는 도전으로 좌절과 무관심을 딛고 결국 미국 시장에서 성공한 뮤지션 겸 프로듀서 박진영과 <디워>의 영화감독 심형래도 전형적인 캐프리컨입니다.

지치지 않고 자신의 목표를 향해 열심히 살아가는 친구. 당신이 현실감을 잃고 방황하거나 기운 빠져 누워 있을 때 손을 잡아서 일으켜 세워줄 친구. 언제나 안정감을 주는 든든한 캐프리컨이 곁에 있나요? 만일 당신이 몽상하기를 좋아하고 실천력 없는 성격이라면 꼭 캐프리컨 친구를 가까이 두라고 권하고 싶어요. 그의 반만 닮아도 우리의 삶은 보다 견고해질 테니까요. 그리고 때로는 그 친구에게도 충고해주세요. 세지테리어스나 리오, 어퀘리어스처럼 인생을 자유롭게 즐기고 싶은 별자리도 있는데, 조금은 짬을 내어 그들과 함께 아무 생각 없이 시간을 보내고 스트레스를 풀어보는 건 어떻겠냐구요.

캐프리컨이 잘하는 것과 못하는 것

*Pros 전형적인 캐프리컨은 공부나 일에 대해 누구보다 열심이다. 마치 성실과 근면이라는 문신을 새기고 태어난 사람들처럼 보인다. 주변 사람들은 이들이 지칠 줄도 모르고 꾸준히 나아가는 모습을 알아차릴 것이고, 이들이 믿음직한 사람이라는 것도 느낄 것이다. 성숙한 캐프리컨이라면 타고난 예의바름으로 윗사람과 잘 지내며, 아랫사람에게는 너그러운 기댈 언덕이 되어준다.

이들은 쉽게 흔들리지 않고 팔랑거리며 자리를 옮겨 다니지도 않는다. 모든 사회는 두 가지 힘의 균형을 필요로 하는데, 바로 유지하는 힘과 변화하는 힘이다. 그러니 캐프리컨은 친구들 사이에서나 공동체 안에서 혼란이나 변화가 심한 시기에 힘이 되는 사람들이다. 캐프리컨이 어떤 약속을 한다면, 그 약속은 반드시 지켜질 거라고 믿어도 된다.

* Cons 흔히들 캐프리컨을 야망으로 가득 찬 자리로 표현하곤 하는데, 야망이라는 단어가 거창하기 때문에 정작 실제 생활에서는 굳이 그렇게 야망이라고 표현할 만큼 그런 성향을 가진 캐프리컨을 찾아보기 어렵다고 느낄 거다. 하지만 목표의 스케일이 크든 작든 상관없다. 자신이 원하는 목표 지점이 무엇이든 한번 정한 목표에 대해서 누구보다 강한 의지로 나아간다는 게 중요하다.

그런데 종종 캐프리컨은 이 야망과 의지가 지나쳐 스스로를 너무 혹독하게 몰아가곤 한다. 조금이라도 쉬는 시간을 갖게 되면 이들은 불안해한다. '내가 이렇게 아무것 안하고 있어도 될까?'라는 초조한 마음을 갖게 된다는 거다. 기본적으로 캐프리컨은 심각병을 갖고 있어서 더 그렇다. 하지만 때로 아무것 안 하고 쉬는 시간도 필요하다. 아무리 그래도 정말 게으른 사람이 될 수는 없는 천성을 갖고 있으니, 스스로 느끼기에 조금 게으르다는 기분이 들어도 괜찮다.

캐프리컨의 대인관계에 대한 조언

* 친구가 캐프리컨이라면 그는 당신에게 더할 나위 없이 믿음직한 친구가 되어줄 가능성이 크다. 힘들 때의 친구. 캐프리컨이 바로 그런 친구다. 그런데 평소에 캐프리컨은 공부와 일에 열심히 집중하고 목표를 향해 가느라 바빠서 무뚝뚝해 보인다. 하지만 캐프리컨은 사실 외로움을 많이 탄다. 예를 들어 캔서 기운이 강한 사람들은 외로움을 많이 타고 그것을 가까운 사람에게 표현도 많이 한다.

그런데 캐프리컨으로 가득 찬 사람들은 자신의 감정, 기분을 잘 표현하지 않는다. 감정을 그리 믿을 만한 것으로 여기지 않아서이다. 그러니 캐프리컨 친구가 있다면, 가끔 그에게 따뜻한 말과 배려를 건네주는 게 어떨까. 칭찬을 하면 속으로 당황하면서 겉으로는 또 그걸 표현 안하는 게 보통이다. 캐프리컨이 당신을 믿을 만한 사람이라 느끼기까지 시간은 걸리겠지만, 꾸준히 옆에 있어준다면 딱딱한 껍질 안에 숨겨놓았던 외로운 마음을 조금씩 조금씩 보여줄 것이다.

* 당신이 캐프리컨이라면 부드러워져야 한다는 걸 언제나 기억해라. 모든 면에서. 일단은 몸도 뻣뻣해서 힘들게 뛰는 운동은 잘하면서 요가는 어렵지 않나? 그런데 몸만이 아니라 당신이 다른 사람들을 대하는 태도도 그렇다.

감정을 표현하는 것을 어리석다거나 유치하다고 여기지 말아라. 지나가는 기분일지라도 모두 그대로 바라보고, 상대방에게 애정이 솟아난다면 표현하는 것은 모든 사람에게 중요하다. 감정을 흐르게 놓아둔다면 자신에게도, 그리고 주변 사람들에게도 관대해질 수 있을 거다. 때로 자신의 목표 지향적인 성격이 지나쳐서 주변 사람들에게 상처를 줄 수 있다는 것도 기억해주면 좋겠다.

가장 유치한 캐프리컨은 가족이나 친구, 동료까지도 이용하는 사람이다. 그렇게 해서 원하던 목표를 이룬다 해도, 그 지점에 도달했을 때에서야 당신 주변에 친구가 없다는 걸 깨달으면 늦다. 서로 따뜻한 마음을 나눌 인간관계가 없는 캐프리컨이 되지 않으려면 방법은 하나다. 부드러워져라!

캐프리컨의 사랑에 대한 조언

*그녀가 캐프리컨이라면 캐프리컨 그녀는 열심히 일하는 사람을 좋아한다. 검소하고 전통을 숭상하는 전형적인 아버지상을 좋아한다. 러브 싸인에서 모든 남녀는 언제나 자신의 어머니 아버지를 만나고 싶어 한다. 따라서 상대랑 잘 지내고 싶다면 항상 그 부모와의 관계를 보라. 상대가 남자라면 그 엄마와의 관계를, 상대가 여자라면 그 아버지와의 관계가 어떤지 보는 것이다. 그리고 자신에게 사랑의 상처가 있다면, 자신의 어머니 또는 아버지와 좀더 잘 지내보도록 해라.

캐프리컨 그녀는 연애도 결혼도 계획적으로 한다. 자신이 열심히 노력해서 잘 사는 만큼 상대도 자신과 같기를 원한다. 무조건 성실해야 하고, 돈도 규모 있게 써야 하고, 비싼 선물을 한다고 좋아하지 않는다. 그녀에게 성실한 모습을 보여주되, 그녀가 알고 있고 중요하다고 생각하는 세상 외에도 더 멋지고 가치 있는 세상이 있다는 것을 계속 일깨워줘라. 그녀의 세상을 넓혀주는 아름다운 시인 같은 당신이 되어보라.

✱그가 캐프리컨이라면 캐프리컨 그는 지구상에서 아주 환영받을 존재다. 믿음직하고 성실하고 절대 바람 안 피우고, 열심히 노력해서 사회에서 성공하는 사람도 많다. 어떤 여잔들 마다하겠는가. 하지만 그만큼 자신의 상대한테도 엄격하다.

아무리 사랑하는 여자라도 과거에 자신의 친구와 사귀었다거나 양다리 걸쳤다는 이야기가 들린다면, 그 순간 바로 돌아서고도 남을 것이다. 캐프리컨 그는 자신의 커리어나 명성에 손상을 입히는 것은 절대 못 참는다. 대신 자신도 바람을 피우지 않는다. 캐프리컨의 그가 바람을 피운다면, 그것은 아마도 전략상 필요해서일 것이다.

캐프리컨 그는 선생님이나 공무원 같은 안정적인 직업을 가진 여성들을 좋아한다. 캐프리컨 그에게 "이 음악 좋아" "이 영화 작품성 정말 괜찮아" 하는 이야기보다, 앞으로의 계획이나 비전 같은 건설적인 이야기를 들려줘라. 그들의 권위에 도전하고 전통적인 것을 무시하는 것도 좋지 않다.

Aquarius

.

물병자리
1월 20일~2월 19일

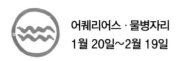

어퀘리어스 · 물병자리
1월 20일~2월 19일

새로운 에너지, 지혜, 변혁과 자유

시계나 라디오를 뜯어놓고 자세히 관찰하다가 아랫목에 품어놓은 달걀이 언제쯤 병아리로 탄생할까 골똘히 생각하며 온갖 상상을 다하는 아이. 친구들이 부르면 잘 차려입은 옷에 전혀 어울리지 않는 슬리퍼를 아무렇게나 신고 뛰어나가는 아이. 바로 어퀘리어스의 아이들이지요.

어퀘리어스를 물병자리라고 하는데, 사실은 물병 자체가 아니라 물병을 기울여 그 안에 담긴 물을 쏟고 있는 사람을 뜻합니다. 이들이 태어나는 1월말부터 2월까지는 겨울이 끝나고 날이 풀리는 시기이죠. 아직 씨앗이 싹을 틔울 때는 아니지만 새 봄을 맞이하기 위한 준비를 합니다. 이때 내리는 비는 얼어 있던 땅을

녹입니다. 어퀘리어스가 물병에서 쏟아내는 물은 바로 이 비를 뜻합니다. 새로운 봄, 새로운 세상을 열기 위한 씨앗이며, 동시에 그 씨앗의 단단한 껍질과 얼어 있는 땅을 부드럽게 만들어 싹이 나게 도우려는 물입니다.

또한 이 물은 지혜를 상징합니다. 그러니 어퀘리어스의 기본적인 성향은 세상에 지혜를 전파하려 하는 것이겠지요. 굳이 '지혜'라는 단어를 쓰니까 거창하게 들리고 어퀘리어스가 모두 '지혜로운' 사람들이어야 할 것처럼 생각되나요? 미처 남들이 알지 못한 새로운 이야기와 정보를 전하는 사람이라고 생각하면 어렵지 않습니다. 제머나이, 리브라와 함께 공기 성향의 별자리라는 걸 생각해도 남들과 커뮤니케이션하길 좋아하는 것이 당연하겠죠. 그런데 그중에서도 어퀘리어스는 항상 새로운 정보들에 귀 기울이고 변화를 가져오려는 사람이며, 이를 남들에게 전해서 다 함께 기존의 틀이나 습관에서 벗어나고자 하는 성향이 강한 이들이죠. 새로운 봄을 맞을 준비를 한다는 시기라는 것이 이런 성향과 일맥상통합니다.

물결이 세 줄 그려진 어퀘리어스의 기호는 물일 수도 있고 전파나 전기, 지혜의 상징인 뱀을 뜻하기도 합니다. 전기적 인간이라고 표현할 수밖에 없는 어퀘리어스는 빛 중에서도 네온 색

깔의 빛이나 일렉트릭 무드의 색을 좋아합니다. 스트라이프 무늬 옷도 좋아합니다. 지난 1, 2년 사이 유난히 마린룩의 기본 아이템인 스트라이프 티셔츠를 많이들 입는데, 어퀘리어스를 혹하게 하는 대표적인 아이템이라 할 수 있죠.

어퀘리어스의 수호 행성인 천왕성은 변혁과 자유를 상징합니다. 천왕성은 세상의 모든 법칙과 관습을 새롭게 해석하길 원하고, 인류의 평등과 사람들의 보다 많은 행복을 원하는 성향을 이끌어냅니다. 그 덕분에 어퀘리어스는 일상생활에서, 정치 현장에서, 아이들을 가르치는 곳에서, 과학이나 예술 분야에서 끊임없이 새로운 에너지를 불어넣으려 애씁니다. 과학을 키워드로 하는 어퀘리어스 싸인 중에 물리학자나 발명가가 나오는 것은 자연스러운 현상입니다. 세상에 밝은 빛을 선사해 어둠을 몰아낸 에디슨, 지구가 우주의 중심이라 믿었던 고전적인 천체관에서 벗어나게 했던 갈릴레이, 진화론을 주장한 다윈 등이 바로 세상을 업그레이드시킨 어퀘리어스 과학자들이죠.

그런가 하면 미국에서 노예 해방을 이끈 링컨 대통령, 예술이라 할 만한 농구 천재 마이클 조던, 뛰어난 말재주를 지닌 토크쇼 진행자이며 세계의 파워 여성으로 사랑받는 오프라 윈프리 같은 인물도 있습니다. 어느 분야에서든, 성숙한 어퀘어리스들은 그 공간에 새로운 시각을 부여하고, 그렇지 못하더라도 적어도 신선한 충격을 던지고야 맙니다.

천재성과 괴상함, 고루한 관습을 바꾸려는 참모

파격적이고 독특한 행동을 종종 보이는 것도 역시 어퀘리어스 기질이죠. 천재성과 괴상함을 동시에 지닌 사람들. 12개의 별자리 중 가장 독특하다고 여겨지는 물병자리는 스스로도 외계인이 아닐까 갸우뚱해하곤 합니다. 재미 삼아 어퀘리어스들의 미니홈피를 들여다보았을 때 "나의 별은 어디일까?" "난 지구에 잘못 떨어진 외계인일 거야"라는 문구를 쉽게 찾아볼 수 있었습니다.

그런데 외계인처럼 별난 성향을 기본 스펙으로 가진 이들이 무리 안에서 물 위에 뜬 기름처럼 보인다 해서 어퀘리어스가 개인적인 성향의 사람들이라고 생각하면 오해입니다. 사실 이들은 사회에서 고립되는 것, 혼자 있는 것을 좋아하지 않습니다. 자신이 속한 무리에 무난하게 잘 맞춰서 어울리는 것과 다른 의미에서, 사회적입니다. 다만 자신이 속한 공동체가 가진 기존의 틀, 관습을 깨고 변화를 가져오려고 하기 때문에 무리에서 별나게 튀어 보일 뿐이죠. 달리 말하자면, '우리 같이 자유로워지자,

새로운 걸 해보자'라고 자꾸만 친구들이나 주변 사람들의 옆구리를 찌르는 성격이랄까요. 그러려면 기본적으로 이미 익숙한 무언가를 깨야만 하겠죠. 비유하자면 씨앗이 싹을 틔우고 난 뒤에는 씨앗이었을 때 껍질에 둘러싸여 있을 때와는 전혀 다른 모습의 꽃, 나무가 되는 것과도 같습니다.

그래서 종종 어쿼리어스는 정치 현장에서도 세상의 잘못된 부분과 고루한 관습을 바꾸려 노력하지만, 결코 자신이 전면에 나서는 법은 없습니다. 참모로 작전을 구상하는 위치에 있는 것이 어쿼리어스 기질에 더 어울립니다. 이들은 상석, 즉 높은 자리나 제일 앞자리를 좋아하지 않습니다. 그래서 맨 꼭대기 위치에 서는 것을 즐기지 않는 편이죠. 혼자 있기보다 많은 이들과 어울리길 좋아한다는 점에서 리오와 비슷하지만, 리오는 첫 번째 자리를 차지하고 싶어 하는 게 기본 성향인 반면 어쿼어리스는 무리 속에 자연스레 섞이려고 하죠. 이를 민주주의 감각이라고 할 수도 있을 겁니다.

하지만 때로 새로운 이야기를 전하는 사람들은 무리 앞에 나설 필요도 있는데, 튀는 것에 대한 지나친 거부감으로 이런 과정을 견디지 못하기도 합니다. 어쿼어리스는 칭찬을 받아도 그것이 과도하거나 사실에 입각한 칭찬이 아니라고 느끼면 불편해합니다. 칭찬을 그저 칭찬으로 들어 넘기지 못하는데, 심하면 화를 내기도 하죠. 이런 특징은 어퀘리어스가 스스로는 느끼지 못하더라도 마음속에 갖고 있는 유난히 강한 성격의 사람에 대한 거부감에서 나오는 거라 생각됩니다. 남을 압도하고 무리를 자신의 틀에 맞추려고 하는 개인적인 성향을 좋아하지 않으니까요.

그런데 이런 성격의 어퀘어리스에게 아주 모순된 특징이 하나 있습니다. 바로 때로 의외의 보수적이고 딱딱한 모습을 가진 어퀘어리스들이 있어서 깜짝 놀라게 한다는 점이죠. 바로 앞자리인 캐프리컨처럼 군다고 생각하면 됩니다. 망원경으로 천왕성이 발견되기 전 어퀘리어스는 캐프리컨과 함께 토성을 수호행성으로 공유했습니다. 그래서 이들은 토성의 보수적인 면과 천왕성의 개혁적인 성향 사이에서 갈등하는 싸인이기도 합니다. 정서적인 끈적임에서 벗어나 때론 냉정하다 할 만큼 '쿨'하게 행동하다가도, 조선시대 저리 가라 할 정도로 보수적인 성향을 드러내 상대방을 혼란스럽게 만들기도 합니다. 물론 스스로도 내적 갈등에 휩싸여 고민하겠죠.

커뮤니케이션, 여러 명의 친구

공기 싸인답게 어퀘리어스도 제머나이나 리브라처럼 커뮤니케이션을 좋아합니다. 그러다 보니 주위에 수많은 친구들이 있습니다. 남녀노소 가릴 것 없이 친구를 만드는 어쿼리어스는 사람을 무척 좋아하는 별자리이기도 합니다. 그러나 무언가에 집착하지를 않아서 어젯밤 밤 새워 놀며 의기투합한 사람을 그 다음 날 오후에 기억을 못해 상처를 주기도 하고, 아무리 친한 친구라도 너무 티를 내면 언제 친했냐는 듯이 서늘하게 굴어서 절교를 당하는 수도 있습니다. 공기의 별자리라서 뜨거운 불의 친구들과 정서적으로 끈적한 물의 별자리들의 기분을 상하게 하는 것입니다. 특별한 한 사람과의 관계보다는 서로 동등한 관계를 맺으며 어울리는 여러 명의 친구들, 공동체를 좋아하기 때문입니다. 실은 어쿼리어스는 친한 친구가 먼발치에서 다른 친구들과 즐거워하는 것을 보며 흐뭇해하고 있는 경우가 많습니다. 결코 냉정해서가 아니라 표현 자체가 공기의 성향을 담아 바람처럼 표현하기 때문에 받는 오해인 것 같습니다.

게다가 어쿼리어스는 성 정체성이 중성에 가깝습니다. 여자 어쿼리어스는 소년 같고 남자 어쿼리어스는 약간 그늘이 진 소녀 같아 보일 때가 많습니다. 당연히 다른 성의 친구들과 더 많이 어울리게 되죠. 가족들 속에서도 이성의 형제와 절친해지는 경우가 많습니다. 새로운 대화 새로운 화젯거리, 새로운 세상을 꿈꾸기에 동성의 커뮤니티는 너무 상식적이고 상투적으로 느껴져, 이성의 친구들과 새롭게 대화하기를 좋아하는 것 같습니다.

언어 영역에 강한 어쿼리어스는 단어 하나하나에 민감하게 반응합니다. 애매모호하게 씌어 있는 도로표지판, 부적절하게 쓰이는 문장과 단어에 민감하게 반응합니다. 화가 났을 때도 말만 살 통하면 금세 마음이 풀리는 것도 언어를 중시하는 특징 때문에 그렇겠죠. 언어의 연금술사처럼 몸이나 아이디어보다는 촌철살인의 순간적인 말로 웃기는 개그맨들 중에도 어쿼리어스가 많습니다. 서경석, 김제동도 어쿼리어스의 사람들이죠.

여자 어쿼리어스 중에는 홍콩배우 장쯔이, 이영애, 한가인 등등이 있는데 만만치 않은 눈빛에 당돌함을 지니고 있어 에리즈 여성만큼이나 강한 캐릭터들입니다. 필자는 톡 튀어나온 이마가 특징인 이들의 외모를 잘 까놓은 마늘 같다고 표현하기도 합니다. 하얗고 동그란, 반질반질한 마늘 한쪽에는 맵고 당찬 맛이 숨어 있다는 것도 어울리죠. 와호장룡에서 전통적인 부모의 강요로 이루어진 결혼을 뒤로하고 중원을 평정하는 강호의 신출내기 반항 고수로 등장한 장쯔이는 그 자체로 어쿼리어스의 전통 파괴적인 캐릭터를 실감나게 연기한 것입니다. 공기 별자리 아니랄까봐 이영애는 산소 같은 여자라는 별명을 가지고 있고, 마이클 조던의 별명은 에어조던입니다. <친절한 금자씨>에서 이영애가 "너나 잘 하세요"라고 말하는 부분은 냉정하고 쿨한 어퀘리어스의 모습을 잘 표현한 대사라서 저절로 웃음이 나오더군요.

오는 사람 막지 않고 가는 사람 잡지 않는다는 생각을 가진 어퀘리어스. 기념일이나 친구의 생일, 심지어 부모님이나 형제의 생일도 머릿속에 입력되어 있지 않아 주변을 당황시키는 어퀘리어스는 사실 일상의 대부분의 일들이 관심사에 포함되어 있지 않습니다. 온통 생각은 새로운 것과 유토피아적인 미래에 가 있기 때문입니다. 그러다 보니 휴대폰 안에 저장된 수백 개의 전화번호 속에서 누를 번호가 마땅치 않아 홀로 지내는 수가 많은데 이때 많은 사람들은 어퀘리어스가 자신만 빼고 누군가와 잘 놀고 있다고 생각합니다. 군중 속의 고독. 이것이 어퀘리어스의 삶을 한 방에 표현한 말일 것입니다.

싸이코적 기질, 번뜩이는 아이디어

갈릴레이는 지구가 돈다고 말했다는데 사실은 이런 말을 했다는 것이 더 유력합니다. 이런 세상에서 나 같은 사람은 필요가 없다." 어퀘리어스들이 한 번쯤은 읊조렸을 이 대사는 세상보다 열 발 스무 발 더 앞서가는 생각 때문에 외롭고 쓸쓸한 인생을 혼자 걸을 확률이 높습니다. 세상의 평범한 일상에는 무엇이 있고 가까이 있는 친구들은 무슨 생각을 하고 사는지 조금은 알아보는 노력을 기울이는 것이 어퀘리어스가 무작정 고독의 길을 걷지 않는 비결이겠죠.

천재적이었지만 너무나 독특해서 스스로 고독한 인생을 벗어나지 못한 모차르트도 있습니다. 어퀘리어스가 속되게 말해 '싸이코' 같다는 의견에 좀처럼 동의하지 못하던 필자는 어느 날 패리스 힐튼의 생일을 검색하다가 당황했습니다. 엉뚱하기 그지없는 그녀는 어퀘어리스더군요. 그때 같이 있던 어퀘리어스 후배와 함께 동시에 "음! 역시 물병은 싸이코 맞구나"라며 깨끗이 인정하게 되었습니다.

한 가지 음식에 빠지면 그것 하나를 질릴 때까지 먹어대고 또 언제 그랬냐는 듯이 깨끗이 잊어버리고 손도 대지 않는 어퀘리어스. 결혼식이나 장례식에 가급적이면 양말을 벗고 빨간 점퍼를 입고 참석하길 원하며 권위적이거나 스페셜리스트라고 과시하는 사람을 보면 참지 못하고 바람을 빼버리기도 합니다. 이들 역시 나머지 11개 싸인의 고유한 성질을 파악하고 시간을 내어 그들과 좀더 따뜻한 대화를 해보는 것이 세상을 풍요롭게 살아가는 방식이라는 충고를 피해 갈 수 없습니다. 위대한 발명이나 천재적인 세계관, 사람들을 행복하게 만드는 구상도, 주변의 사랑스런 한 사람 한 사람부터 챙겨나갈 때 더 큰 효과와 파급력을 가지게 되는 것은 아닐까요.

어퀘리어스는 번뜩이는 아이디어를 내놓기도 하고 고장난 물건을 순식간에 고치기도 합니다. 그런데 어떻게 그렇게 했는지 역순으로 말해보라 하면 기억을 잘 못해냅니다. 아마도 벼락처럼 한순간 머리 꼭대기를 지나간 아이디어인 것 같습니다. 어퀘리어스는 대체로 전자제품에도 관심이 많은 편인데, 굳이 찾아다니는 얼리어답터는 아닙니다. 하지만 새로운 제품이 나왔을 때는 눈이 번쩍 뜨이고 궁금증이 일어납니다. 마찬가지로 마트를 돌아다니다가 새로 나온 과자나 음료수를 보면 꼭 먹어봐야 하는 성격들입니다. 이는 '신상' 물건을 소유하고 싶어 하는 성격과는 다릅니다. 어퀘리어스에게는 갖는 게 중요한 게 아니라 새로운 걸 써보고 먹어보는 것, 새로운 경험과 시도가 중요합니다.

괴상한 주제의 대화를 꺼내며 앞에 있는 사람의 간단한 프로필도 기억 못하고 생전 들어본 적 없는 웃음소리를 간직한 사람, 외계에서 온 것처럼 문워킹을 하며 로봇이나 기계장치에 눈

길을 빼앗겨, 친구의 사랑스런 음성을 전혀 듣지 못하고는 또다시 악필로 쓴 아이디어 쪽지를 내미는 그런 사람이 있다면, 그대의 골치 아픈 어퀘리어스 친구입니다.

그를 조금만 더 이해해보세요. 그 누더기 종이 속에 인류를 구할 차세대 에너지원이 적혀 있을지도 모릅니다. 이 별난 성격의 친구가 당신의 따뜻함을 모른다 해서 아예 당신을 사랑하지 않는다고 생각하지는 마세요. 밤하늘의 별을 보다가 어떤 푸른 별 하나를 두고 저건 내 친구 별이라고 찍어놓고, 다시 시시껄렁한 기계 하나를 핵 실험이라도 하는 양 해부하고 있을 테니까요.

어퀘리어스가 잘하는 것과 못하는 것

*Pros 새로운 무언가를 발견하는 데 재능이 있다. 그것이 자신의 독창적인 아이디어이건 또는 이미 다른 사람들이 시작한 것이든 대상을 가리지 않는다. 밖에서 새로 배운 것이리 해도 그것을 그대로 따라 하는 걸로 만족하지 않는 게 어퀘리어스다. 그래서 배운 것을 토대로 새로운 아이디어, 체계도 잘 만들어낸다.

그러니 어퀘리어스 성향이 강한 사람들은 무언가를 빨리 배우는 편이며, 응용도 빠르다. 기본적으로 새로운 것에 대해 열려 있는 사람들이기 때문이다. 언어에도 민감하기 때문에 모국어가 아닌 새로운 언어, 즉 외국어도 잘한다. 어퀘리어스 중에는 어릴 때부터 영어권 나라에 살지 않았는데도 발음까지 제법 유창한 사람들을 종종 발견할 수 있다.

* Cons 늘 하나의 틀에 머무는 것을 견디지 못한다는 건, 한자리에 오래 머무르지 못한다는 뜻이기도 하다. 물론 그 자리에서도 새로운 바람이 계속 불어온다면, 흥미로운 이야기들을 계속 듣고 경험한다면 이야기가 다르다. 하지만 대개는 벌써 익숙해져버린 이것 말고 다른 것을 보고 싶다는 갈망을 품게 된다.

이런 성향은 진부한 틀이나 생활 패턴에서 벗어나 변화를 가져오는 데는 좋지만, 지나칠 경우 아무 곳에도 정착하지 못하고 표류한다는 인상을 주게 된다. 또한 권위적인 인물, 마음대로 움직이는 자유를 방해하는 존재에 대한 거부감을 지나치게 표현해서 문제가 생기기도 하는데, 거꾸로 자신이 그런 권위적인 모습을 지니게 될 때가 있다. 어퀘리어스 에너지가 성숙하지 못한 채로 표현되면 그렇게 된다.

어퀘리어스의 대인관계에 대한 조언

＊친구가 어퀘리어스라면 독점적인 '단짝 친구'가 되길 강요하지 않는 게 좋다. 어퀘리어스는 그런 상황을 불편해한다. 어느 정도까지는 표현하지 않고 참을 수도 있지만, 심하면 밀어낸다. 그러면 서로 상처받기 마련이지 않겠나. 물론 연인 사이에서 이런 문제가 일어날 가능성이 크다. 그러니 연인이 어퀘리어스라면 다른 많은 친구들을 만나고 다니는 것을 받아들일 마음의 자세를 갖추는 게 좋다. 당신을 소홀히 여기는 증거라거나 관계가 소원해졌다고 혼자 넘겨짚어버리고 꽁한 마음을 품는 건 쓸데없다.

그보다는 어퀘리어스 친구가 상당히 개인적으로 보이고 혼자서도 잘 노는 것처럼 보이더라도, 사실 그 아래에는 혼자 있길 두려워하는 마음이 내재해 있다는 걸 먼저 이해해주는 게 어떨까. 열려 있으며 항상 원활하게 흐르고 변화하는 친구 관계가 어퀘리어스와 관계를 잘맺는 방법이다. 어느 정도의 적당한 거리를 유지한다 해서, 그 관계가 느슨하고 소원해지는 것은 아님을 기억하자.

＊당신이 어쿼리어스라면 어떤 무리에 자신이 잘 섞이지 못하고 있다는 기분을 종종 느낄 거다. 어울려 놀다가도 별로 재미없고 자신의 마음이 겉돌아서 차라리 다른 곳에서 다른 재미있는 걸 하고 노는 게 낫겠다는 생각을 할 거다. 하지만 스스로 깨닫지 못하고 있더라도 어쿼리어스에게는 주변에서 자신을 필요로 한다, 사회가 자신을 필요로 한다는 기분을 느끼는 게 중요하다.

그러니 적당한 거리를 유지하면서도 친구나 가족들과 안정적인 유대관계를 가져야 안정이 된다. 자유를 제약하지 않을 만큼, 행동 반경을 제한하지 않을 만큼 길고 믿음직한 끈으로 주변 사람들과 연결되어 있다고 생각하면 어떨까. 그러니 새로운 세상으로 모험을 떠나더라도 주변 사람들과의 관계를 다독여줄 필요가 있다.

누군가 당신의 자유를 제한하려 할 때 무작정 튕겨 나가 버리고 싶은 기분이 들더라도, 자신에게 이 관계가 어느 만큼 소중한지 생각하고 어느 만큼의 행동 반경이 필요한지 상대에게 잘 설명해주는 게 어떨까. 혼자 자유를 찾다가 어느 순간 외로워졌다고 우울해하지 않기 위해서다.

어쿼어리스의 사랑에 대한 조언

❋그녀가 어쿼리어스라면 어쿼리어스 그녀는 쿨하다. '사
랑은 아름다운 구속'이라는 말은 어쿼리어스 그녀에게는
통하지 않는다. 둘이 함께 있더라도 독립성을 인정해주어
야 한다. '날 내버려둬!' 이게 바로 이쿼리어스 그녀가 원하
는 것이다.

그녀에게 특별 대우를 받으려고도 하지 마라. 그녀랑 가
까워졌다 싶어 다른 사람들 앞에서 여자친구라고 자랑했다
가는 "나 언제 봤어?" 하는 시선을 받을 수도 있다. 어쿼리
어스 그녀에게는 '너와 나'가 아닌 '우리'의 개념이 더 먼
저이기 때문이다. 따라서 남들 앞에서 '내 남자친구' '내
여자친구'로 소개되고 소개받는 게 의미가 없다고 생각할
수도 있다.

이런 어쿼리어스 그녀와 사귀려면 당신은 그녀
가 이래도 "허허", 저래도 "허허" 하는 알버트 아
저씨 같은 사람이 되어야 한다. 그래야 편안한
관계를 오래 유지할 수 있다. 어쿼리어스 그녀는
현실을 벗어나는 환경을 만들어줄 때 가장
감동받는다. 어쿼리어스 그녀를 이끌고 갑
자기 제주도를 가거나 뮤지컬 공연을 보러
가보라. 딴 사람이 된 것처럼 기뻐할 것이다.

*그가 어퀘리어스라면 어퀘리어스 그는 남녀간의 사랑보다는 인류애적인 사랑을 더 추구한다. 나만 특별히 생각해 주기를 바라는 연인의 입장에서는 곤혹스러울 수 있다. 너무도 독립적인 어퀘리어스 그는 여자가 발목 잡는 걸 세상 무엇보다 싫어한다. 자신의 자유를 속박하지 않고 그냥 두는 사람을 좋아한다. 지구인이 아닌 외계인이라고 할 정도로 엉뚱한 면이 많은 그가 좋아하는 말은 "너 정말 유별나다." "저, 똘아이." 반대는 "남들은 다 그렇게 하거든" "내 친구의 남자 친구는 어쩌고……." 하는 말이다. 이런 말을 들으면 어퀘리어스 그는 정말 질색할 것이다.

인류애와 자유주의를 사랑하는 어퀘리어스 그는 극단의 이중적인 모습을 가지고 있기도 하다. 부인을 여러 명 거느리는 나라의 이야기나 여성들이 남성들한테 성적으로 착취당하는 이야기를 들으면 불같이 화를 낸다. 하지만 자신의 여자친구가 짧은 치마를 입고 나온다면 또 못 참는다. 그럼에도 그러는 자신이 이중적이라는 인식조차 못하고 있다. 하지만 엉뚱하고 자유를 좋아하는 어퀘리어스 그의 속마음에는 항상 따뜻함이 흐르고 있다는 것을 기억하길 바란다.

Pisces

·

물고기자리
2월 19일~3월 20일

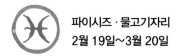

파이시즈 · 물고기자리
2월 19일~3월 20일

연민과 동정, 정돈되지 않음

꿈과 무의식, 타인에 대한 연민과 깊은 동정심을 품은 별자리. 바로 물고기를 상징으로 삼는 파이시즈입니다. 서로 다른 성격들을 가진 12개의 별자리가 모두 세상에 필요한 저마다의 역할을 합니다. 그리하여 지구를 다양한 모습이 어우러진 조화로운 곳으로 만들어가며, 각자가 존재하는 이유를 다른 사람들도 공유하고 있습니다. 마지막 별자리인 파이시즈는 다른 사람들에게 "여기 3차원 지구 말고도 또다른 세계가 있을 거야"라고 이야기하러 온 사람들입니다. 파이시즈의 눈빛은 세상을 관조하고 꿈을 꾸는 듯 그윽하기도 하고 졸린 듯 흐릿하기도 하죠. 예를 들어 배우 이나영과 양동근처럼 이 세상 너머를 보는 듯한 파이시즈도 있고, 장동건처럼 마냥 선한 눈을 가진 사람도 있습니다.

파이시즈는 잘 짜여지고 체계가 잡힌 성격의 소유자가 아니라 어딘가 애매하고 정리가 안 된 사람 같은 인상을 주곤 합니다. 외모 차원에서 알아차릴 수 있는 작은 예를 들자면 부스스한 헤어스타일을 좋아하는 특징을 찾아볼 수 있죠. 단정한 것을 좋아하는 버고라면 이런 파이시즈에게 빗질 좀 하고 다니라고 할 수 있겠지만요. 성격면에서는 모두가 따르는 관습이나 규칙을 잘 따르지 않는 것이 파이시즈 성향입니다. 반항하려는 의도는 아니지만 직장에서라면 윗사람이나 동료들과 충돌을 빚는 일도 일어나겠죠.

파이시즈의 상징이 그냥 물고기가 아니라 두 마리의 물고기가 하나의 낚싯 바늘에 꿰어져 있는 모습이라는 것은 흥미롭습니다. 쉽게 말하자면 그중 한 마리는 현실적인 물고기, 또 한 마리는 비현실적인 물고기입니다. 필자가 이제껏 만나본 파이시즈 대부분은 술 잘 마시는 한량이며, 예술가의 기질을 타고난 몽상가들입니다. 굳이 따지자면 똑부러지게 현실을 챙기는 타입은 아니죠. 시를 짓고 노래하며 세상을 방랑했던 김삿갓 이미지라고 할까요. 한마디로 풍류를 아는 사람들이며, 물질적인 욕심은 안 부리고 사는 것을 좋아합니다. 남들에게는 대개 꿈꾸는 사람으로, 정도가 심하면 애매하고 흐릿한 성격으로 보여집니다. 하지만 종종 그들 내부에 또다른 한 마리의 물고기, 현실적인 물고기가 말을 하는 것을 봅니다. "나도 돈을 벌고 싶어. 나도 좋은 차를 갖고 싶어……."라고요.

그런데 또다른 쪽에 있는 소수의 파이시즈들은 매우 현실적이며 술도 잘 마시지 않고 세상을 칼날 같은 분별력으로 살아갑니다. 180도 반대쪽에 자리한 버고 같은 모습이죠. 심지어 정리정돈과 청소를 잘하고 검소한 점까지 버고처럼 보입니다. 물론 이들 내면에선 비현실 쪽의 물고기가 말을 합니다. "내가 원하는 건 이런 현실적인 게 아니었는데……."라고요.

기본적으로 파이시즈 성향이 강한 사람들은 남에 대한 동정심, 남의 아픔이나 기쁨을 함께 느끼는 능력이 뛰어납니다. 자신에게 해를 끼치는 사람에게도 쉽게 화를 내지 않으며, 화를 내다가도 결국은 불쌍하다는 마음을 품게 됩니다. 그러니 주변 사람들에게 대체로 이런 평가를 많이 듣습니다. "그 사람, 사람은 참좋아."

연민과 동정심을 타고났으며 무리한 부탁조차 거절하지 못하는 파이시즈들은 대책없이 남을 돕다 낭패를 보곤 합니다. 예를 들어 친구의 빚 보증을 거절하지 못했다가 같이 넘어지는 사건을 경험하는 것이죠. 그 결과가 어떨지 불 보듯 뻔한 거겠죠. 무료급식소에서 줄을 서서 기다리는 사람들 속에는 술 취한 파이시즈나 망한 세지테리어스가 많다는 우스갯소리도 있으니까요.

해체, 마음을 들여다보는 능력

그렇다고 해서 파이시즈가 마냥 물렁하기만 하다고 생각하지는 마세요. 물고기, 바다의 에너지를 가진 파이시즈는 대개의 경우 평화로운 바다처럼 너그럽지만 때론 태풍처럼 무서운 모습도 보여줍니다. 파이시즈의 행성 넵튠의 키워드는 해체입니다. 넵튠은 단단하게 만들어져 있는 그 어떤 것을 다 녹여버립니다. 바다에서 일어난 폭풍우는 아무리 큰 배라도 쉽게 파괴하고 침몰시켜버리죠. 파이시즈의 해체하려는 에너지는 평소에는 잔잔한 듯 보이지만 때로는 태풍이 되어 다른 사람들이 정신 못 차리게 강력한 힘으로 발휘됩니다.

그런데 이렇게 파이시즈가 모든 것을 해체하고 애매하게 만드는 데는 이유가 있습니다. 파이시즈가 태어나는 계절은 봄의 기운이 본격적으로 다가오며 밭에 새로운 씨앗을 뿌려야 할 때죠. 그런데 다 비우고 버리고 깨끗이 청소를 해야 새로운 판을 시작할 수 있죠. 12개 별자리를 48주간으로 나눴을 때, 파이시즈 중에 마지막 주를 '부활' 주간이라 하는 것도 일맥상통합니다. 파이시즈가 노인이라면 에리즈는 어린아이인데, 노인은 다시 어린아이 같은 모습으로 돌아간다고 하죠. 그리고 자연은 겨울에서 봄으로 건너가며 새로 태어나지요.

모든 것을 다 제치고 인간에게 가장 중요한 문제는, 바로 '존재'한다는 것입니다. 죽고 사는 문제 앞에서는 다른 아무것도 중요하지 않게 되죠. 살이 너무 쪄서 다이어트를 해야 한다거나, 애인이랑 헤어져서 마음 아프다거나, 부모가 나에게 원하는 삶의 방향이 내가 원하는 방향과 다르다거나 하는 것은 부차적이죠. 그런데 인간이 온전히 존재하려면 가장 먼저 자기 마음속부터 들여다보고 다스려야 합니다. 쉽게 생각하면 콤플렉스들을 해결해야 한다는 거죠.

파이시즈는 바로 사람 마음속을 들여다보는 재능을 타고난 사람들입니다. 심리학자 프로이트가 말한 무의식의 세계를 탐험하죠. 우리들은 크고 작은 콤플렉스들에 영향받고 있습니다. 무의식에 담겨 있는 '무언가'는 바로 사람들의 콤플렉스를 만드는 근원입니다. 스스로 영문도 모르지만 이상하게 어렵고 꼬여 있는 마음의 한 부분. 대체 내가 왜 이런 것에 힘들어할까, 왜 나는 좀더 어른스럽게 행동하지 못할까, 약한 모습을 보이는 걸까.

이런 생각은 누구나 하죠.

아직 미숙한 단계의 파이시즈는 그저 유난히 생각 많고 고민 많은 사람, 눈물 많은 사람들입니다. 하지만 성숙할수록 이들은 자신과 다른 이들의 마음속 깊이 자리한 콤플렉스를 찾아내고 매듭을 풀어 숨통 트이게 해줍니다. 그리고 삶의 다음 단계로 나아갈 수 있게 도와주죠. 예를 들어, 심리를 분석하는 상담가의 역할입니다. 꼭 직업이 심리상담가일 필요는 없어요. 서로의 마음에 대해 생각해보는 일은 일상에서 다른 일을 하면서도 얼마든지 할 수 있으니까요. 또는 인간의 마음과 꿈을 표현하는 화가, 음악가 등의 예술가도 전형적인 파이시즈의 역할을 보여주는 사람들입니다.

앞에서 파이시즈가 동정심 많다는 이야기를 했는데, 다른 사람의 마음을 들여다보기 위해서 가장 필요한 재능이 바로 동정심입니다. 이건 남을 불쌍히 여긴다는 수준이 아닙니다. 남의 마음을 내 것처럼 느낄 수 있는 능력, 남과 함께 느끼는 능력을 말합니다. 그래서 가장 성숙하고 훌륭한 파이시즈는 다른 사람의 마음과 감정을 구구절절 설명 안 해도 그것을 자신의 마음처럼 느끼는 사람들입니다. 분석을 통한 이해가 아니라 직관적으로 이루어지는 이해라고 할 수 있습니다.

꿈과 귀신 이야기, 경계 없음

스콜피오와 파이시즈 성향이 강한 사람들은 꿈 이야기나 귀신 이야기를 참 자주 합니다. 실제로 파이시즈의 꿈은 매우 비범할 때가 있습니다. 그러나 이런 꿈 중에서도 낮은 차원의, 부정적인 꿈에 매여버리면 가위에 눌리는 경우처럼 두려움 속을 헤매이게 됩니다. 스콜피오나 파이시즈 성향이 강한 사람들이 어린 시절에 자주 겪는 경험이 악몽을 꾸는 것입니다. 심리학자 프로이트가 이야기하는 무의식의 영역에 재능이 있는 파이시즈가 이 선천적인 에너지를 알아차리고 마음 공부를 시작했을 때 더 멋진 파이시즈로 거듭나게 될 것입니다.

예술적이고 신비한 에너지와 현실적인 냉철함이 절묘하게 어우러진 뮤지션 서태지의 경우는 파이시즈들의 귀감이라 하겠습니다. 파이시즈답게 신비주의 전략을 구사한다는 말도 듣는 서태지는 사실 타고난 에너지가 조용하게 은둔하는 걸 좋아할 뿐 일부러 신비주의를 만들어낸 것은 아니라고 봅니다. 너와 나의 구분이 모호한 파이시즈스러운 가사와 현실과 비현실을 넘나드는 이미지는 서태지만의 특별한 매력이라 할 수 있겠습니다. 특히 <환상 속의 그대>나 <슬픈 아픔>은 노랫말을 들어보면 서태지가 파이시즈임을 가사 곳곳에 여지없이 드러낸 곡이죠.

파이시즈는 남의 이야기를 듣는 실력이 현저히 부족합니다. 남의 이야기를 듣기 싫어서도 아니고 딴청을 부려서도 아닌데 이들은 안개와 같은 정체성을 가지고 있기 때문에 무슨 이야기를 듣든 무슨 이야기를 하든 그것을 담을 귀나 입이 없을 뿐입니다. 이런 파이시즈들에게 사람들은 개념이 없다거나 난감하다고 밀하기도 합니다. 하지만 사실 파이시즈는 다른 사람을 무시하는 성격이 아닙니다. '이것은 이것이다'라고 정의 내리고 정리하는 데 서툴 뿐이죠. 오히려 나와 남 사이의 경계, 내 편과 네 편의 경계가 없기 때문에 더 사람 좋은 게 파이시즈인걸요.

다만 이 '경계 없음'의 특징이 아직 미숙한 상태에 머무는 동안에는 정확한 언어를 사용하고 의사소통을 하는 것을 어렵게 만듭니다. 파이시즈는 정신적인 길잡이가 되는 누군가, 말하자면 스승이나 멘토의 지도를 받았을 때 더 행복하게 중심을 잡고 살 수 있다고 생각합니다. 뛰어난 동정심이라는 재능을 잘 살려 다른 이들의 마음을 헤아려주면서요. 그러려면 남의 이야기를 귀담아 들으려는 노력이 우선 필요하겠죠.

캔서나 파이시즈처럼 남을 위해 희생하고 싶어 하는 싸인들은 그들의 에너지를 쏙 빼먹는 '영혼의 뱀파이어'들을 조심해야 합니다. 그들에게 흐르는 동정심의 에너지를 눈치 챈 사람들이 이들에게 의지하다가 어느 순간 심각하게 의존해버리는 경우가 있는데, 그러면 파이시즈도 감당하지 못하는 기형적인 관계가 되곤 하죠. 그런 의존증 환자들을 돕다가 파이시즈가 거지가 되는 것도 슬프지만, 사실은 그들을 그렇게 의지가 박약하고 뻔뻔한 사람으로 만든 데는 마냥 퍼주려 하는 파이시즈도 일조했다는 것을 기억해야 합니다.

잔잔한 바닷가에 비가 보슬보슬 내리고 생선회 접시를 앞에 두고 편안하게 술 한잔 기울이며 친구와 시를 읊고 있는 풍경은 파이시즈에게는 거의 환상적인 그림입니다. 고요함을 좋아하는 파이시즈는 산속 고즈넉한 사찰에 잘 어울립니다. 동물들과 교감도 잘되는 파이시즈는 강아지들과 정말 친합니다. 개들도 파이시즈를 좋아하는 것 같아 보이는데, 서로의 정신 건강에도 많은 도움이 되는 것 같습니다.

자연주의, 중독과 무소유

버고는 아플 때 각종 약으로 승부하는 반면, 파이시즈들은 병원에 건강진단 한번 받으러 가지 않고, 감기 걸린 사람이 병원에 가서 주사 맞고 오는 것도 어색하게 생각하는 편입니다. 대체의학, 마인드 컨트롤, 자연주의 치료 등은 파이시즈 에너지로 인해 발전된 의학 장르입니다.

파이시즈 성향이 강한 사람이라면 남자나 여자나 방금 감은 젖은 머리를 대충 말리고 밖으로 나갑니다. 적당히 물기 있는 머리를 휘날리다가 햇볕에 자연스럽게 말리는 것을 즐기는 것 같습니다. 무언가에 중독되거나 많이 게으르고 귀찮아하는 것이 파이시즈의 성향이기도 합니다. 수많은 시간을 방에 누워 뒹구는 파이시즈는 다른 파이시즈들도 그러고 있다는 것에 위안을 삼을 수도 있겠지만, 좀더 쾌적한 삶을 위해 벌떡 일어나서 산바람 강바람을 쐬며 부지런을 좀 떨기를 권합니다.

입던 옷을 아무 데나 또아리 틀어 벗어놓고 오랫동안 청소도 않고 세수도 안 하며 몽상에 잠겨 게으름을 떨고 있는 파이시즈들이 많습니다. 그들에게 버고 친구나 형제가 있다면 그건 정말 전쟁이겠죠. 참 재미있게 대비된 180도 관계입니다. 버고는 이렇게 말하겠죠. "어지르는 사람 따로 있고 치우는 사람 따로 있어!" 파이시즈는 중독과 무소유라는 극단적인 두 성향을 다 가지고 있습니다. 게임, 약물, 도박, 술 등 모든 종류의 중독 중에서도 사람에게 중독되고 집착하는 것이 제일 무서운 것이겠죠. 무엇에 관심을 갖기 시작하면 그 끝을 보기 전에는 절대로 나오지 않습니다. 그런 그들이 중독성에서 벗어난 어느 날 호젓하게 무소유로 인생을 살며 세상을 다 가진 듯한 자유주의자가 되기도 하니 참 신기한 일이죠.

세상이 뿌옇고 해상도가 떨어지게 보이며 대체로 귀차니즘에 시달리는 파이시즈를 누군가 가르치려 들기라도 하면 "아, 알았어… 다 알아, 그만 해…"라며 대단히 귀찮아하고는 몸을 숨길 것입니다. 명절이나 기념일에 식구들과 친척들이 모인 자리에서 파이시즈는 빈방에 찾아들어가 마음의 안정과 자신만의 조용한 시간을 가지려고 합니다. 그렇다고 완전히 혼자 되는 것을 좋아하는 거라고 오해하지는 마세요. 고통받는 모든 존재에게 연민을 느끼는 파이시즈는 눈물이 참 많습니다. 정신적이고 영적인 능력을 계발하는 파이시즈는 아름다운 예술작품으로 많은 사람들의 삶과 영혼을 풍요롭게 하는 능력이 있으며, 아픈 사람들을 마음으로부터 치료해주는 사람이 되기도 합니다.

세상을 뒤흔든 상대성이론을 내어놓은 아인슈타인이 바로 인류에게 공헌한 대표적인 파이시즈입니다. 축구 선수 중에 박지성 선수와 김남일 선수는 헌신적이고 연민 가득한 파이시즈의 모습을 보여줍니다. 동료와 친구들의 어려움을 그냥 지나치지 않고 도와주며 자신의 몸을 아끼지 않는 플레이를 하는 그들의 파이시즈다운 성격은 소박하고 스타성을 드러내지 않는 조용함으로 더 돋보이기도 합니다. 독일 월드컵 직전 두 사람 다 발목을 다쳐 붕대를 감고 있는 모습을 보고 역시 파이시즈구나 했는데 그것은 파이시즈의 건강이 발목과 발이기 때문입니다. 발목이 잘 접질리고 부러지기도 하며 발이 자주 피곤하고 쥐가 나기도 하는 파이시즈 중에 평발도 자주 발견됩니다.

공기 좋고 물 맑은 곳에서 산과 숲을 즐기며 살아가는 모습. 여유롭고 한가하게 마음껏 공상을 즐기는 삶은 파이시즈들의 꿈입니다. 시를 짓고, 노래하고 춤추며 그림을 그리길 좋아하는 사람들. 예술이나 영적인 명상의 세계로 빠져들며 자연과 동물을 사랑하고 어려운 이웃을 도우며 소박하게 살아가는 이들이 바로 파이시즈입니다. 이들에게 세상의 복잡한 이야기를 건네기보다는 오늘 본 파란 하늘과 시원한 바람 이야기를 하며 다가가보세요. 더없이 착하고 편안하고 조건 없는 삶을 추구하며 마음의 휴식이 되는 친구를 가지게 될 것입니다.

파이시즈가 잘하는 것과 못하는 것

* Pros 영어 단어에서 Sympathy는 동정심으로 번역되곤 하지만, 사실 '불쌍히 여긴다' 는 뜻이 아니라 '함께 느낀다' 는 뜻이다. 이처럼 다른 사람의 마음을 헤아리는 능력은 파이시즈 성향이 잘 무르익었을 때 발휘된다. 그럴 때의 파이시즈는 주변 사람들을 잘 보살피는 치유자가 된다.

반대편의 버고가 현실적인 분야에서 남들을 잘 챙기고 도와준다면, 파이시즈는 마음과 관련된 문제들에서 남을 돕는다. 가톨릭의 수녀, 심리치료사, 학교의 상담 교사 같은 역할이라고 생각하면 쉽다.

감성이 발달한 파이시즈는 예술 장르에도 강하다. 일단 술과 음악을 좋아하지 않는 파이시즈는 드물다. 영화도 마찬가지다. 이들에게 예술은 아름다움을 추구하는 것보다 먼저 인간의 마음과 꿈을 표현하는 분야로서 다가온다.

✱ Cons 파이시즈가 좀더 어른스러운 사람이 되기 위해 먼저 넘어야 할 관문이 있다. 바로 스스로의 콤플렉스들을 해결해야 한다는 거다. 그렇지 않으면 파이시즈 성격이 강한 사람들은 쉽게 자기 연민과 패배주의에 빠지곤 한다. 이렇게 병든 파이시즈는 더욱 현실적인 생활을 할 수가 없다. 물론 자신의 콤플렉스를 용감하게 대면하고 해결하기 위해 노력해야 하는 것은 모든 사람에게 해당하는 이야기다.

그런데 파이시즈는 유난히 예민하고 감성적인 마음을 가진 이들이어서 불안정한 마음을 갖고 있는 동안에는 그지없이 불안정하고 조화가 깨진 사람처럼 행동한다. 동정심 많은 이들은 힘든 상황에 있는 사람에 대해 쉽게 연민을 느끼곤 하는데, 스스로의 마음을 다스리지 못하는 상태에서 다른 이를 도우려 하니까 문제가 생긴다.

파이시즈의 대인관계에 대한 조언

* 친구가 파이시즈라면 종종 파이시즈의 애매한 태도에 지칠 수 있다. 유난히 생각이 많고 늘 자신의 마음이나 꿈에 대한 이야기를 하는 것에 지칠 수도 있다. 또는 제 코가 석 자인데도 다른 사람 부탁 들어주느라 본전도 못 찾는 것을 보면서 답답할 거다. 그럴 때 "넌 대체 왜 그렇게 흐리멍텅하게 사니!"라고 잔소리하면 파이시즈는 마음을 더 닫아버릴 가능성이 크다.

파이시즈 친구가 우울하고 힘들 때 필요한 건 현실적인 도움이나 조언보다는 마음에 와 닿는 이해다. 파이시즈 친구는 언제든 당신이 우울하고 지쳤을 때 마음을 위로해주는 사람이 되어준다. 주변 사람들에게 밝고 너그러운 미소를 보여주는 파이시즈가 있다면, '나도 내가 왜 이런지 모르겠어'라고 고민될 때 전문 상담가를 찾아가기 전에 파이시즈 친구를 찾아보는 건 어떨까. 좋은 술과 좋은 음악이 있는 편안한 분위기에서 서로의 고민을 나눈다면 아주 행복한 시간을 가질 수 있을 것이다.

＊**당신이 파이시즈라면** 아무 생각 없이 남들이 원하는 것을 다 주지 마시라. 당신이 남을 돕고자 하는 마음은 귀한 것이지만, 그게 전혀 도움이 안 될 때도 많다. 극단적인 경우, 상대방의 의존적인 성격을 키워 정말 못난 사람이 되고, 당신 스스로는 힘이 다 빠져서 쓰러져버린다. 왜 자꾸 내 주변에는 불쌍한 사람들이 꼬이는 거지? 라고 푸념해봤자 소용없다. 당신이 끌어들이고 있는 거니까.

연애를 할 때도 한번 생각해보는 게 좋다. 이 사람의 어떤 점이 내 동정심을 자극해서 그것이 연애감정으로 연결된 건 아닐까? 라고. 그 감정은 연인 간의 사랑이 아닐 가능성이 크다. 쉽게 말해 파이시즈 성향이 강한, 특히 연애와 관련된 비너스가 파이시즈에 있는 여성은 늘 불쌍한 남자한테 끌린다고들 한다. 사실 여기서 불쌍하다는 건 객관적인 게 아니라, 파이시즈가 보기에 그렇게 느끼는 것일 수도 있다.

무작정 남들에게 마음을 퍼주기 전에, 우선 자신의 마음부터 챙기는 것이 좋다. 당신에게 아주 어려운 일이겠지만, 살다 보면 가끔은 이기적이 되어야 한다고 스스로를 다지는 것이 파이시즈가 중심을 잡는 데 도움이 된다.

파이시즈의 사랑에 대한 조언

* 그녀가 파이시즈라면 파이시즈 그녀가 동정심으로 당신을 만나고 있는 것은 아닌지 한번 볼 필요가 있다. 동정심이 사랑으로 발전된 것이라면 모를까 동정심이 곧 사랑은 아니므로 여기에 대해서 분명 짚고 넘어갈 필요가 있다. 그녀를 위해서도 당신을 위해서도.

어딘지 모르게 현실의 사람이 아닌 여신 같은 모습을 하고, 때론 부스스해 보이기도 하는 파이시즈 그녀는 꿈과 환상에 대한 이야기를 좋아한다. 음악이나 영화 이야기를 하는 것도 무척 좋아한다. 다만, 'must' '틀림없이'라는 말은 아껴둬라. 그녀에게 고지서나 적립금에 대한 이야기도 되도록 하지 말자. 파이시즈 그녀는 꿈과 이상을 추구하는 사람이라는 것을 꼭 기억하자.

＊그가 파이시즈라면 파이시즈의 그는 꿈속에 사는 사람이다. 열두 별자리의 기운을 다 지닌 파이시즈 그는 착하고 애달픈 일에 눈물 흘릴 줄도 아는 사람이다. 사람 좋은 그는 다른 사람의 부탁에 거절을 잘 못해 빚보증도 잘 선다. 당신은 이런 그와 함께 같이 착해지고 애달픈 일에 눈물 흘릴 줄 알면 된다. 산과 나무를 좋아하는 그를 따라 함께 산에 가주는 것도 좋다. 하지만 빚보증을 서려고 하면 도시락 싸들고 말려라. 아니 무슨 수를 써서라도 막아라.

경계가 잘 없는 파이시즈 그는 짝을 확실히 챙기는 사람이 못된다. 아니 여러 사람이 있으면 자기 짝보다 이웃 사람들이나 다른 친구들에게 더 집중하는 편이다. 그래서 짝을 외롭게 한다. 이럴 때는 당신이 속으로 삐치지 말고 '내가 너의 짝이다'는 것을 확실히 가르쳐줘야 한다. '서운하다'가 아니라 '네가 어디서 잘못됐는지' 분명히 가르쳐줘야 한다.

우리가 지구상에 있는 한 이 땅에 발을 디뎌야 하는 것은 엄연한 현실이다. 파이시즈 그에게 당신이 이것을 계속 알려주면서, '쓸모 있는 땅'에 대한 가치를 알게해주는 현명한 짝이 되어보자.

Epilogue
우리 스스로 선택해서 빌려온 우리 몸을 사랑하는 방법을 알려주는 사용 설명서

우리가 흔히 별자리라고 하는 어스트랄러지는 주로 개인의 희로애락을 다루는 점성술 가운데 하나로 알려져 있다. 하지만 점성술은 운명을 점치는 다소 미신적인 도구로 인식되어 있어 돈, 직업, 배우자, 성공, 건강 등의 몇 가지 문제만을 주로 다루고 있는 셈이다.

아주 먼 옛날에는 천문이 개인의 운명보다는 한 나라의 나아갈 방향이나 전쟁, 왕의 건강과 생명, 농사(일기예보) 같은 국가의 중대사를 다루는 데 사용되었다고 한다. 현대에 와서 어스트랄러지는 심리학적인 혹은 영적인 도구로 발전되어, 자신에게 어떤 일이 닥쳤을 때 그것을 어떻게 받아들이고 대처해야 할지 도움을 받고 있다. 또 자신이 고치기 힘든 습관(카르마), 채워지지 못한 욕망, 풀어내지 못한 응어리들에 대해 대화를 나누며 그 하나 하나를 이해하고, 용기를 가질 수 있도록 도와주는 소중한 정보로 이용되고 있다.

천문을 알기 전에 필자는 내가 누구인지 궁금해하면서도 계속 딴청하며 살았다. 아니 딴청을 부리고 있다는 사실조차도 알지 못하고 있었다는 게 더 맞겠다. 딴청한다는 것은 자기를 바라볼 줄 모른다는 뜻이며, 잠에서 깨어나지 못하고 있다는 것이다. 그러나 우연히 천문을 알게 되면서 조금씩 내가 보이기 시작했다.

"너 자신을 알라."

여러 가지로 해석할 수 있는 이 말을 이해하고 싶어 천문 공부를 하게 되었다. 내가 나라고 착각했던 내 몸이 생물학적으로는 그저 탄소체이며 대부분이 물로 채워진 한낱 주머니에 불과했다. 하품과 재채기같이 내 몸이지만 내가 컨트롤할 수 없는 영역도 무수히 많다는 것을 알게 되었다.

좀더 자세히 접근하자, 이번에는 무생물인 것처럼 무심히 여겨왔던 유전자들이 장서처럼 빽빽이 줄지어 서있는 유전자 도서관이 나였다는 것을 알게 되었다. 나와는 상관없어 보이는 자신들의 비즈니스에 여념이 없는 아주 작은 단위의 무수한 조직과 개체들이 분주하게 일하고 있는 세포집합 덩어리가 또한 나이기도 했다.

천체 물리학적인 관점으로는 빅뱅 때부터 이어져온 태초의 우주가 내 안에 다 있고, 태양의 분진이며 땅의 어머니 지구가 나은 흙의 자손이라는 것도 알게 되었다. 이 과정에서 내가 우주와 고립된 적이 전혀 없는 완벽한 하나라는 사실도 어렴풋이 느낄 수가 있었다.

양자물리학을 넘어 초끈 이론, 다차원 우주론, 홀로그램 우주론까지 달려가다 보니, 나는 상상을 불허하는 거대한 규모와 진실의 수많은 차원 중, 아주 작은 몇 개의 차원만 존재하는 지구 게임에 자원해, 일종의 한 점이 부풀려져 만들어진 시간과 공간 속에서 울고 웃으며 살아가는 미미한 존재였다. 한편으로 재미있어 하면서도 자꾸만 나의 이 실체에 대한 진실을 잊어버리고 눈물짓기도 하는 묘한 존재라는 것도 알게 되었다.

불교와 힌두, 기독교를 통해서 본 나라고 생각했던 이 몸은 나의 개성에 맞게 디자인해서 렌트한 자동차와 같다는 생각을 했다. 그것도 딱 내가 가진 정신의 수준만큼만 쓸 수 있다는 것도 알게 되었다. 기계가 아무리 좋아도 가지고 있는 매뉴얼이 조악하면 그만큼밖에 쓸 수 없다. 레이저포로 파리 잡듯이 말이다.

명상을 통해 공한 것이 무엇인지, 그렇기 때문에 지금 이 순간 내가 현존하는 이 4차원 지구가 얼마나 소중한 경험인지, 나를 주시하고, 남을 이해하며, 나를 사랑하는 것이 무엇인지, 왜 사람이 대우주이고 눈앞의 광활한 저 우주가 소우주인지도 강렬히 느끼게 되었다.

더 이상 나는 사막을 뒹구는 미역더미 같은 꼴이 아니었다. 수많은 수행의 방법과 길 중에서도 어스트랄러지는 그 고유의 방식으로 나의 앞길을 밝혀준다. 태양과 달, 수성과 금성 화성과 같은 내행성, 목성과 토성과 같은 중간계 행성, 그리고 영적인 길을 가도록 도와주고 때로는 파괴적인 에너지를 선사하는 천왕성과 해왕성, 명왕성. 이 12개의 별자리는 우리와 한데 어우러져 끊임없이 공명하며 함께 춤을 추고 연주하는 친구들이라는 것을 말하고 싶다.

우리가 흔히 "누구누구의 별자리는 사자자리야"라고 하는 것은, 그 사람이 태어난 날 태어난 시와 그 장소의 하늘에 태양이 사자자리를 배경으로 에너지를 행사했다는 것을 말하는 것이다. 같은 시간에 달은 물고기자리에 있어서 내면의 기질을 동정심 많은 쪽으로 물들이고, 수성은 게자리에 있어서 조심스럽고 방어적으로 말하며, 기억력이 좋고 음식과 손재주가 좋은 사람으로 태어난다. 이러한 그 사람의 내면을 관장하는 문 싸인

등, 다른 싸인에 대한 추가 설명 없이는 그 사람을 단정적으로 말할 수는 없는 것이다.

사람의 몸은 모조리 구멍으로 이루어져 있는 소통하는 열린 도구이다. 우리가 이 세상에 태어난 순간 내쉬는 첫 숨에 하늘과 우주의 특정한 기운이 CD처럼 각인된다. 이후 우리 몸은 우주의 변화를 함께 겪고 죽을 때까지 우주와 함께 걸어가는, 작은 우주 체험의 장이라고 할 수 있다. 물론 태양계 안에서 우리는 태양의 아이들이니 썬 싸인이 얼마나 중요한지는 아무리 강조해도 지나치지 않다.

하지만 여기에 앞서 사람의 지문이 그러하듯이, 한 사람의 정확한 솔라 시스템을 펼쳐놓으면 단 한 사람도 같은 사람은 없다. 나는 어린 시절부터 지금까지, 또한 만화가로 20년을 쓰고 그려오면서, 줄곧 사람과 사람 사이의 소통에 관한 문제에 관심을 가져왔다.

남녀간의 차이, 노소 간의 갈등, 다양한 문화와 인종 간의 장벽, 서로 다르다는 이유로 끝없이 고통을 주고받는 사람들의 삶이 이상하게 느껴졌다. 하지만 천문을 알게 되어서야 비로소 너무나 다른 종류의 사람들이 서로 어우러져 보려고 피나는 노력을 해왔다는 사실을 발견하게 되었다.

지구 게임은 서로를 바라보며 자신을 발견하고, 상대의 눈동자 속에서 나의 얼굴을 알아차리게 되는 힘들지만 재미난 영혼의 교육장이라는 생각을 하게 된다. 그것을 통해 우리는 진리라고도 하고 사랑이라고도 부르는 궁극의 세계를 이해하게 될 것이다.

21세기 초 우리가 놓여 있는 이 시점은 동양과 서양정신이 결혼하고 과학과 영성이 서로를 마주 대하며 극과 극이 통하는 불꽃놀이의 시대라고 할 수 있다. 더 이상 거대하고 집단적인 종교의 윤리와 가치관이 개인의 성찰을 방해하지 못하는 초자아 실현의 시대다. 나를 더욱 열심히 알기 위해 과감히 모험을 길을 떠나고, 그 여정에서 옆사람과 손을 잡는다. 우리는 이 즐거운 우주의 가을, 새로운 시대의 주인공이다. 천문은 이 축제의 길로 안내하는 아주 요긴한 내비게이터가 되어줄 것이며, 우리 스스로 선택해서 빌려온 우리 몸을 사랑하는 방법을 알려주는 사용설명서의 역할을 한다.

오늘도 나와 함께 원을 그리며 이야기하는 태양과 달, 다정한 친구 같은 행성들, 그리고 먼 우주의 별자리들을 정겨워하며 미소지어 본다.

김준범

별이 전하는 말

초판 인쇄	2008년 12월 24일
초판 발행	2009년 1월 5일

지은이	김준범, 류한원
발행인	정은영
책임편집	최은숙
디자인	문미정
일러스트	ⓒ 2009 Karine Daisay-cwctokyo.com
펴낸곳	마리북스
출판등록	2007년 4월 4일 제 300-2007-58호

주소	서울시 종로구 내수동 75 용비어천가 914호
전화	02) 2195-5374·5375
팩스	02) 2195-5376
홈페이지	www.maribooks.com
출력	스크린출력
찍은곳	서정문화인쇄사

ISBN	978-89-959965-6-0 23800